異世界の平和を守るだけの簡単なお仕事

登場人物紹介
渡辺《わたなべ》
透湖のゼミの後輩。
怪我をしてショーに
出られなくなって
しまい、透湖に
代役を頼む。
エリアスルード
国境警備団の騎竜隊の隊長。
マゴスと呼ばれる
謎の巨大生物と戦っている。
仕事熱心で真面目な性格。
透湖《とうこ》
ごく普通の大学生。
ヒーローショーのバイト中、
異世界に飛ばされた。
エリアスルードたち
国境警備団に保護されている。

セルディ
エリアスルードの副官。彼とは幼馴染でもある。面倒見がよく苦労性なので、ツッコミ役に回りがち。
リースファリド
王宮付き魔法使い。エリアスルードやセルディとは幼馴染で、透湖のことを調べに来る。
セルヴェスタン
国境警備団の団長。透湖の後見人となり、家庭に迎え入れる。実は王族の一人らしい。
ミリヤム
団長の一人娘。器量がいい上にしっかり者で、透湖のよき友人となる。
クラウディア
辺境伯の娘。エリアスルードが好きで、彼と結婚したがっている。透湖のことが気に入らない。

目次

プロローグ　着ぐるみの救世主

　およそ六百年ほど前、大陸の北方にミゼルという栄《さか》えた国があった。国土の大部分が山という厳しい条件ながら、貴重な魔法石《まほうせき》が採れることを背景に、魔法大国として名を馳《は》せていた。

　魔法石とは魔力や魔法そのものを閉じ込めて利用できる希少な鉱石だ。

　それまで魔法といえば修業を積んだ魔法使いだけが行使できるもので、一般の人間には縁がないものだった。ところが、この魔法石の発見と研究によって、石にあらかじめ魔法を仕込んでおけば、魔力を持たない者でも扱えることが明らかになったのだ。

　光の魔法を仕込んだ石さえあれば、簡単に明かりを得ることができる。火の魔法を閉じ込めた石があれば、燃料がなくてもいつでも火が使えた。魔法石は貴重で高価なものだったが、砕けさえしなければ何度でも繰り返し使える。

　人々はこぞって魔法石を求め、やがて国外へ広まるにつれて、この世界の人間の生活を大きく変えていくこととなった。

　産出国であるミゼルの名は大陸中に轟《とどろ》き、弱小国から並ぶものなき強国へと一気に変化を遂《と》げた。

魔法大国と呼ばれ、大陸で一番豊かで栄《さか》えていたミゼル。その栄光は長く続くかと思われた。

だが、今から六百年前、ミゼルはあっという間に滅んでしまった。――謎の生物マゴスによって。

ミゼル国の名は大陸史から消滅し、今となっては旧ミゼル国の一部を併合したファンデロー国の砦《とりで》の名に名残《なごり》があるだけだった。

ファンデロー国の最北端にある「ミゼルの砦《とりで》」。

マゴスによって滅ぼされた国の名を冠する砦《とりで》は、かの生物との戦いの最前線になっている。

人類の存亡をかけた戦いは壮絶さを極め、幾度となく砦《とりで》が破壊され、街や人々は蹂躙《じゅうりん》された。だがそのたびに人類は「来訪者」と呼ばれる者たちの力を借りて、マゴスを退《しりぞ》けてきたのだ。

そして今、五十年に一度といわれるマゴスの襲来期が再び訪れていた。

この物語は、後《のち》に「マゴスからこの世界を救った救世主」と称されることになる着ぐるみ姿の女性が、ミゼルの砦《とりで》近くの街に降り立った時から始まる――

＊＊＊

ファンデロー国の最北端にある城塞《じょうさい》都市セノウはにぎやかな街だ。

山間部に位置しながら、これだけ人口が多いのは、貴重な魔法鉱石の取引拠点だからというだけではない。マゴスの侵入を防ぐために作られた北の砦《とりで》にほど近く、国境警備団の運営本部のお膝元《ひざもと》でもあるからだ。

毎日のように砦《とりで》に向けて人や物資が運ばれ、一方では王都や周辺都市から必要な物資がセノウの街に運び込まれている。物が多く集まると人の出入りが盛《さか》んになるのは当然の流れだ。

そのように普段は活気あふれるセノウの街も、マゴスの侵攻が始まったことで、閑散《かんさん》としていた時期がある。だが「救世主」の噂を聞いて人々が街に戻り、今ではかつてのにぎわいを取り戻していた。

街の中心にある国境警備団の建物からまっすぐ正門まで続く石畳のストリートには、店や露天商が並び、多くの買い物客でにぎわっている。

そのメインストリートを人々の注目を浴びながら、二人の女性が仲良く連れ立って歩いていた。買い物を楽しんでいる様子で、手提げの籠《かご》からは果物らしきものが見え隠れしている。

女性のうちの片方は、街の住人の誰もがよく知るミリヤムだ。国境警備団の総団長セルヴェスタン・ロードの一人娘で、金髪碧眼《へきがん》の美少女である。

貴族出身のミリヤムは本来だったら平民には近づくこともできない高嶺《たかね》の花だが、気さくな性格で男性のみならず女性からも好かれていた。彼女が注目を浴びるのは当然と言える。

だが、人々の視線はミリヤムではなく、その隣を歩くピンク色のワンピースを着た女性に向けられていた。

「な、なんじゃありゃ？」

久しぶりにセノウを訪れたとある商人は、その女性を目撃し、あんぐりと口を開けた。彼の視線の先をミリヤムと談笑《だんしょう》しながら女性が通り過ぎていく。商人は振り返って馴染《なじ》みの店主に尋ねた。

「店主、店主、ちょっとあれ見てくれ」

「ん？　ありゃ、透湖《とうこ》ちゃんじゃないか。ミリヤム嬢と仲良く買い物だな。やっぱり若い子はいいねぇ」

初老の店主が二人の後ろ姿を見て微笑んだ。その反応に商人は困惑する。

「い、いや、店主、そうじゃなくて、あれおかしいだろ？」

商人が驚くのも無理はないだろう。その女性の顔は変な被り物ですっぽりと覆《おお》われていたのだから。

ゴツゴツした岩のような頭部、黄緑色のギョロッとした目、大きな口から覗く鋭い歯。商人はその造形に見覚えがあった。

「マゴスの幼体そっくりじゃねえか。なんだ、あの悪趣味な被り物は」

「そうか、お前さんは半年ぶりにセノウに来たから知らんのだな」

店主は訳知り顔で頷《うなず》いた。

「お前さんが半年ぶりにここに来たのも、救世主が現れてマゴスの脅威がなくなったと聞いたからだろう？」

「あ、ああ。『来訪者』が砦《とりで》を襲うマゴスをかたっぱしからやっつけてくれるから、以前と同じように活気づいていると聞いてな。……まさか」

言いながらあることに気づいて商人は目を見開く。

「まさかあの被り物をした女性が、その『来訪者』……救世主だと？」

「ああ、その通りだとも」

店主はにんまり笑い、得意げに続けた。

「彼女こそ、マゴスの脅威にさらされた我々のもとに、神が遣わしてくださった救世主様さ！　マゴスをバタバタと倒してくれるんだ。砦《とりで》が襲われるたびに何十人も犠牲を出して、なんとか追い払っていたあのマゴスをだぞ。彼女のおかげでこの三か月間、国境警備団の兵士に犠牲者は一人も出ておらん。街に明るさと活気が戻ってきたのも彼女のおかげだ。それまでは葬式ばかりが続いて、街全体が沈んでいたからな。まさに救世主だろう？」

「だ、だが、その救世主がなぜマゴスの被り物なんて……」

「分かってないな。あの被り物が重要なんだよ。大丈夫、中身は可愛らしい普通の女の子さ。人間のな。おっと、聞くより見た方が早いだろう。おーい、透湖ちゃん、ミリヤム嬢！」

店主が声をかけると、女性二人が足を止めて振り向いた。

「あら、ロンジ」

最初に店主に気づいたのはミリヤムだ。遅れて被り物をした女性も気づく。

「こんにちは、ロンジさん」

「二人とも、この商人が都から珍しい品物を持ってきてくれたんだ。見ていってくれ」

「へぇ、都からの珍しいものですって？　透湖、見てみましょうよ」

興味を惹《ひ》かれた二人がやってくる。

近くで見ると、被り物をした女性はますます怪しく思えた。何しろその被り物が恐ろしく精巧に作られているのだ。だが、店主も周辺の人々も慣れているようで、二人を微笑ましげに見ている。

「都から来た珍しいものってなんですか、ロンジさん」

マスク越しに聞こえた声は、女性らしい柔らかな響きだ。普通、被り物をしていたらくぐもって聞こえるはずなのに、彼女の声はとてもクリアだった。

「これだよ、これ。南の方で今しか採れない果物なんだ」

「あら、グリアじゃない」

貴族のミリヤムは珍しい果物の名前をすぐに言い当てる。

「これ、都の王侯貴族にとても人気がある果物なのよ。まさかセノウでも見られるなんて！」

「ミリヤム嬢ちゃんの言う通り、このグリアは都の王侯貴族に人気で、なかなか北部には出回らない代物《しろもの》なんだ。傷《いた》みやすいしな。だが、この商人が魔法石に氷の魔力を込めて鮮度を保ったまま運んでくれたんだ」

「……パイナップル《グリア》に似ているわ」

被り物をした女性がグリアを見ながらポツリと呟《つぶや》く。グリアなのだから似ているも何もないだろうと商人は眉を寄せたが、ミリヤムと店主には女性の言いたいことが分かったらしい。

「ほう、透湖ちゃんの世界にもグリアに似た果物があるのかね？」

「そういえば、食物の体系は似通っているって言っていたわね」

「ええ。こっちの単語に変換されちゃうから伝えられないのがもどかしいけれど、すごくよく似た果物があるの。見た目がそっくりだから、たぶん味も似ていると思うわ」

「それじゃ、確認するために買ってみましょうよ。ロンジ、そのグリアを一つもらうわ」

「そうこなくっちゃ」

店主は破顔《はがん》すると、グリアを大きな紙で包み始めた。ミリヤムが支払いをしている間、女性は店先の品物を覗いていたが、怪訝《けげん》そうな商人の視線に気づいて背筋を伸ばした。

「商人さんはセノウに来たのは久しぶりなんですか？　失礼ですが、私と会うのは初めて……ですよね？」

急に話しかけられて、商人は戸惑いながらもなんとか頷《うなず》く。女性の丁寧な言葉づかいを聞いて、自分のぶしつけな態度をなんとなく恥じていた。

「あ、ああ。そうだ。久しぶりなんだ。……その、じろじろ見ちまってすまないな。どうも、こう、身構えちまって……」

「いえいえ。街の人たちが私の姿にすっかり慣れてくれたこともあって、ちょっと失念していました。びっくりするのは当然だと思います。でもこんなナリはしていても、ちゃんと人間ですから」

言いながら女性は被り物に両手を添えて、すぽっと上に持ち上げた。

「あ……！」

商人は驚きの声をあげる。被り物の中から、黒髪と黒目をした童顔の女性が現れたからだ。自分たちとは異なる顔だちだが、確かに人間だった。

しかも、思ったよりも子どもだ。そのことに戸惑い、目を何度も瞬《しばた》かせる商人に、女性はにっこり笑った。

『初めまして、梶原《かじわら》透湖といいます』

「へ？」

商人には女性の言葉がまったく分からなかった。

女性は苦笑すると、被り物を元に戻し、顔をすっぽり覆《おお》って再び言う。

「私の国の言葉で『初めまして、梶原透湖です』って言ったんです。今もさっきと同じニホンゴをしゃべっているんですけど、ちゃんと通じていると思います。どうですか？」

被り物を通して聞こえてくる言葉は、商人と同じ流暢《りゅうちょう》なファンデロー語だった。

「あ、ああ、大丈夫だ。通じている」

「そう。よかった。つまりですね、このマスクが私の言葉をこっちの言葉に変換し、逆にみんなの言葉も私に分かるように自動翻訳してくれているんです。だから、私はこのマスクを通さないとこっちの言葉がしゃべれないし、みんなが何を言っているのか分からないんですよ。このマスクを常に被っているのは、そういうわけなんです。すごく変ですよね。自分でも分かっています……でも！　好きで被っているわけではないので、そこのところよろしくお願いします！」

「あ、ああ」

マスクから元気よく繰り出される言葉に押されて、商人は思わず頷《うなず》いていた。二人のやりとりを聞いていたミリヤムがくすくす笑う。

「あなたもすぐに慣れるわよ。この街のみんなは今ではすっかり慣れているもの。セノウだけじゃないわ。近隣の街から透湖を見にわざわざやってくる人もいるのよ」

「そんなに……」

商人が呟《つぶや》く。透湖に向ける目は奇異なものを見るような目ではなくなっていた。代わりに浮かんでいるのは好奇心で、どこか値踏みをするような眼差しだった。

なんとなく嫌な予感を覚えたのか、透湖はミリヤムを促《うなが》す。

「ミリヤム、そろそろお暇《いとま》しましょう。まだ買い物の途中だし」

「そうね。じゃあ、私たちそろそろ行くわ。商人さん、それにロンジ」

「おう、寄ってくれてありがとうよ。透湖ちゃん、ミリヤム嬢。グリアを食べたら、ぜひ感想を聞かせてくれ」

「ええ、必ず。またね、ロンジさん」

買ったグリアを手提げの籠《かご》に入れると、透湖たちは店を後にした。

透湖たちの後ろ姿を見送った店主は、考え事をしている商人に声をかける。

「また何か思いついたようだな、あんた」

長い付き合いのある店主は、商人が品物の売買だけでなく、新しい商品の開発まで手広く行《おこな》っているることを知っていた。

商人は、目をキラキラさせながら何度も頷《うなず》く。

「ああ、これはいける。いけるぜ店主。絶対にヒットすること間違いなしだ！」


——この出会いから数か月後、透湖の被っているマスクのレプリカが「救世主のお守り」として発売され、爆発的にヒットすることを、この時の彼女たちは知る由《よし》もなかった。

第一章　異世界トリップは着ぐるみとともに

ロンジの店を出た透湖は、メインストリートを歩きながらぼやいた。

「救世主とか、恥ずかしすぎる……。そんなたいそうなものじゃないのに」

実はロンジの店を最初に通りかかった時に、彼と商人がしていた話は透湖たちの耳にもしっかりと届いていたのだ。

ロンジの声が、本人が思っている以上に大きいせいである。

「あら、救世主なのは本当のことでしょ？」

ミリヤムが悪戯《いたずら》っぽく笑った。

「ロンジが言っていたように、透湖のおかげで兵士にほとんど犠牲が出なくなったし、街にも活気が戻ってきたんだから。この街にとって透湖は救世主なのよ」

透湖は慌てて手を振って否定した。

「よしてよ、ミリヤムまで。そりゃあ、確かにマゴス相手に無双しているけど、私は何もしていないんだから。全部この着ぐるみがやってるの。チートなのは着ぐるみで、私は添え物！　この怪獣のマスクがなければ、みんなと言葉も交わせないんだからね」

そうなのだ。ロンジをはじめとしたセノウの街の住人は、マゴスを次々と退治する透湖に感謝してくれるが、彼女はほとんど何もやっていない。

――「口から炎」とか、「目からビーム」とか叫んでいるだけだものね……

これが自分自身の力だったら、褒《ほ》められてまんざらでもなかったかもしれない。けれど、自分が無力であることを誰よりも知っている透湖にとって、賞賛されるのは居心地が悪いだけだった。

「でも、その着ぐるみの力は透湖じゃないと発揮されないんだから、やっぱりあなたの手柄だと思うわよ。着ぐるみと透湖はセットなんだし」

「それは……そうだけど……」

「来訪者」が持っているとされる不思議な力が宿っているのも、学ばずして言葉が分かるという恩恵を受けているのも、全部着ぐるみだ。だが、そのチート力が発揮されるのは「中の人」が透湖である時に限られていた。

つまりチートな着ぐるみは透湖が被っていなければ発動しない。だからこそ救世主は透湖である、とミリヤムは言いたいのだろう。

――でも、違うんだよなぁ……。虎の威《い》を借る狐……とは少し違うけど、今の私はそれに近い感じだわ。他者の力を借りているだけなのに、「救世主」だなんて。

マスクの下でため息をつき、透湖は空を見上げた。

雲一つない、青く澄み渡った空が頭上に広がっている。

――こうして空だけ見ていると、違う世界にいるだなんて思えないわね。

けれど、透湖の世界にはマゴスなんていないし、魔法も魔法石も存在しない。ここは確かに異世界なのだ。

この国では、世界を渡って落ちてきた者を「来訪者」と呼ぶ。

透湖はその「来訪者」であり、ちょうど三か月前、着ぐるみ姿のままこの世界に落ちてきた。

――違うわ。落ちてきたんじゃなくて、気づいたらこの世界にいたのだわ。

とある地方大学に通う、普通の学生に過ぎなかった透湖が、なぜ着ぐるみ姿で違う世界に紛《まぎ》れ込んでしまったのか。

これまで何千回も考えたし、今でも毎朝目を覚ますたびに自問するが、答えはいつも同じだ。

「……どう考えても渡辺《わたなべ》のせいだよね」

透湖はため息とともに、三か月前のことを思い出していた。

＊＊＊

「もう、本当に申し訳ないっす先輩。俺、一生恩に着ます！」

着ぐるみのマスクを手に取った透湖に、後輩の渡辺哲也《てつや》が何度繰り返したか分からない台詞《せりふ》を口にする。

「一生なんて大げさね。その足が治ったら焼肉でも奢《おご》ってくれればいいわよ」

鷹揚《おうよう》に応じてから、透湖は包帯でグルグル巻きにされた渡辺の足をちらりと見る。

その足はギプスで固められ、松葉杖《まつばづえ》なしには歩けないのだという。

――これじゃ、着ぐるみのバイトを再開できるのはいつになるのかしらね。

しばらくの間、彼がバイトどころか日常生活にも不自由することは確実で、透湖は大いに同情していた。だからこそ、彼の代役として着ぐるみを身に着けて、これから行《おこな》われるヒーローショーの悪役として舞台に立つことを承諾《しょうだく》したのだ。

透湖が通う大学のある街では、この週末、地域振興フェスティバルが催《もよお》されていた。

駅前の商店街ではセールが行《おこな》われ、街のふれあい広場には特産物を売る露店や食べ物の屋台が立ち並び、住人や近隣の街から訪れる人でにぎわっている。

渡辺が着ぐるみで出る予定だったヒーローショーは、この地域振興フェスティバルの目玉の一つだ。

もっとも、出演するのはテレビに出るほど有名なヒーローではなく、いわゆるご当地ヒーローというやつだ。平和を脅《おびや》かす敵から街を守るため、そして街のPRのために日夜戦っている五人のヒーローが主役なのである。

街のイベントには必ず出演して場を盛り上げてくれるので、それなりに人気もあるらしく、昨日の土曜日に行《おこな》われたショーには親子連れが多く訪れたらしい。

盛況のうちに一日三回の公演を終え、さらに本日のショーもあと一つを残すところまでは何事もなく順調に進んでいた。

ところが二回目のショーが終わった直後、怪獣の着ぐるみを脱いで休憩に入ろうとした渡辺がアクシデントに見舞われた。大道具の人が階段の踊り場に置いておいた荷物に足を引っかけ、階段から転げ落ちて怪我をしたのだ。

幸いなことに骨は折れておらず、近くの病院ですぐ処置をしてもらい、渡辺は会場に戻ってきた。しかし低予算でやっているためスタッフは最小限しかおらず、代役をこなせる者もいなかった。スーツアクター——いわゆる「中の人」を派遣する会社に連絡して代役を頼むという案も出たが、今から依頼したところで三回目のショーには間に合わない。

みんなが困り果てていたところに、偶然顔を出したのが透湖だった。

可愛い後輩が出演するヒーローショーを見ようと、急に思い立って足を運んだのが運の尽き……と、この日の行動を心底後悔することになるのだが、後の祭りというものだろう。

『ああ、透湖先輩、いいところに来てくれたっす!!　先輩、前にスーツアクターをやったことがあるって言ってましたよね？　一生のお願いです！　この着ぐるみを着て舞台に出てほしいんっす！』

確かに透湖は以前、数回だけ着ぐるみのバイトをした経験がある。それを渡辺に言ったことも覚えている。

——でもまさか、こんなことになろうとは。

渡辺にとって透湖の来訪は、まさに渡りに船だったことだろう。着ぐるみの経験者で、体格も渡辺と似通っているのだから。

『お願いします、透湖先輩！　今日の公演の成否は先輩にかかっているんです！』

『お願いします、哲也の先輩！　あなただけが頼りなんです！』

渡辺だけではなく、スタッフ総出で代役を懇願《こんがん》されては、拒めるはずもなかった。

——まぁ、いいか。せっかくショーを見に来た子どもたちを、がっかりさせたくないし。

半《なか》ば諦《あきら》めの境地となり、ステージの裏側でスタッフの一人と渡辺の手を借りながら支度を開始して——今に至る。

「焼肉っすね！　絶対奢《おご》ります！　なんなら今日でもいいっすよ！」

意気込んで言う渡辺を、透湖は苦笑しながら落ち着かせた。

「怪我した日くらい、安静にしてなさいよ。それより、確か渡辺も一人暮らしよね？　その足で生活できるの？　家族に連絡取った方がいいんじゃない？」

とある地方の、一流でも三流でもない、いわゆる中堅と言われる大学に通っている透湖たち。

学年も学部も違う二人の接点は「幻想文学研究室」というゼミだ。研究室と銘《めいう》打ってはいるが、要するに自分の好きな小説を読み、感想を言い合ったりしているだけの趣味の集まりである。

透湖は偶然ふらりと立ち寄ったゼミが気に入って、そのまま所属した。そこに一年遅れて入ってきたのが、この渡辺哲也というわけだ。

ＳＦ小説が好きだという渡辺と、ＳＦからミステリー、はてはライトノベルにまで手を出す雑食の透湖。好みは多少違えど、なぜかウマが合い、小説以外のことまでよく話すようになった。

渡辺は明るくて人懐《ひとなつ》こい性格のため、透湖もつい色々と世話を焼いてしまう。ただし……

「生活っすか？　移動が少し面倒だけど、生きていくのに支障ないっす。わざわざ実家に連絡しなくても大丈夫っすよ」

明るく笑いながら、渡辺は透湖の提案を拒否した。

これだけ気さくなのに、渡辺は決して家族のことを口にしない。そのことに透湖は気づいていた。きっと何か理由があるのだろう。

それに気づけたのは、透湖自身も家族のことを話したくない理由があるからだ。だからこそ、透湖と渡辺は気が合うのかもしれない。

「そろそろ開演時間が近いっすね」

腕時計を確認して渡辺が言った。

「先輩、さっきも言いましたけど、先輩が声を出したりする必要はないっす。録音された音に合わせて先輩がやることは、歩く、暴れる、ヒーローに倒されたふりをして舞台に横たわる、の三つだけっす。ただ、立ち位置は重要っす」

「う、うん。さっき舞台の上で確認しておいたわ。でも、マスク被っちゃうと感覚もずれるからなあ……」

正直自信がない。

以前にやった着ぐるみは、キャンペーンのために作られた認知度の低いゆるキャラで、チラシを配る人の傍《かたわ》らで手を振ったり、人と握手したりするだけ。演技もほとんど必要なかったのだ。

——やっぱり私には荷が重いんじゃ……

不安に思っていると、渡辺がポケットから何かを取り出した。

「大丈夫っす。先輩にこれ渡しておくっす」

渡辺の手のひらにのっていたのは、コードのついていないイヤホンだった。

「イヤホン型の受信機《レシーバー》っす。これをつけておいてください。舞台の袖《そで》から俺が無線で指示しますから」

「ありがとう、そうしてくれると助かる……あっ……」

受け取ろうと手を差し出した透湖は、とある問題に気づく。

「この手じゃイヤホンを耳につけられないじゃん……」

透湖の手は鋭い爪を持つ、ゴツゴツとした岩のような質感の樹脂《じゅし》に覆《おお》われていた。少し緑がかったクリーム色という、なんとも形容しがたい色合いだ。

手だけでなく、首から下すべてが樹脂《じゅし》で作られた着ぐるみに覆《おお》われている。

「申し訳ないっす。先輩が着ぐるみに入る前に渡しておくべきだったっすね……」

しゅんとした渡辺に、透湖は気にするなと明るく笑う。

「大丈夫、大丈夫。悪いけど、つけてくれる？」

「もちろんっす」

渡辺は松葉杖《まつばづえ》を動かして透湖に近づき、右耳にイヤホンを取りつけた。

きちんと嵌《はま》っていないと着ぐるみの中で外れて大変なことになるため、透湖は首を振って確認する。ついでに邪魔にならないように結い上げてある髪と、前髪を押さえてあるヘアバンドがずれたりしないか確認したが、どれも問題ないようだ。

――出番はもう少し先だけど、マスクもつけて慣れておいた方がいいわよね。

透湖は片手に抱えたままだった着ぐるみのマスクに視線を向けた。

ゴツゴツとした皮膚と、黄緑がかった鋭い目。半開きの口からは尖《とが》った歯がいくつも覗いている。

そう、ご当地ヒーローの今回の敵は怪獣なのだ。

――同じ着ぐるみなら、もっと可愛いキャラがよかったなぁ。こんなゴツいキャラじゃなくて。

残念ながら透湖が身に着けているのは、ふわふわもこもこではなく、ゴツゴツした皮膚を持つ着ぐるみだ。どっしりとした後ろ脚に比べて前脚は小さめ。恐竜のような背びれがあって、長くて太い尻尾《しっぽ》を持つ二足歩行のフォルム。それは某国民的怪獣映画を思わせる造形だった。

その映画に出てくる本物（？）よりデフォルメされてはいるものの、愛らしさのかけらもないためけっこう怖い。

——ゆるキャラどころじゃないわ。これ、子どもたちが見て泣かないかしら？

急に心配になったが、ヒーローに倒される役ならば恐ろしい方がいいのだろう。

「透湖先輩、そろそろマスク被った方がいいっす」

渡辺に言われて透湖は怪獣のマスクを被る。

怪獣の目は半透明のプラスチックでできていて、ところどころ穴が空いていた。そのため、まったく外が見えないわけではないが、やはり視界は悪くなる。それに、口のところから空気が入るようになってはいるものの、自分の吐く息ですぐに蒸し暑くなった。

『透湖先輩、聞こえます？』

右耳に取り付けられたイヤホンから渡辺の声がした。見れば、渡辺が無線の送信機に向かって話しかけている。

大丈夫という意味を込めて頷《うなず》いてみたが、着ぐるみの頭部があまり動いていない気がしたので、透湖は片手を上げた。なんだか「ハーイ」と挨拶《あいさつ》しているような感じになってしまったのは、この着ぐるみの肩がまったく上がらず、肘《ひじ》から下しか動かせない仕組みになっているからだ。

だが、どうやら渡辺には通じたらしい。

『通信は問題ないみたいっすね。そろそろ舞台に上がる時間なので、袖《そで》に行きましょう、先輩』

舞台ではすでにショーが始まっていて、赤、青、黄色、ピンク、黒のコスチュームをそれぞれ身にまとったご当地ヒーローたちが登場していた。

子どもたちの歓声があがる中、ヒーローたちは一人一人挨拶《あいさつ》をして決めポーズを披露する。それからバックミュージックが流れてきて、彼らはおもむろに歌い出した。……そう、彼ら専用のテーマソングまで作られているのだ。

この街出身の作曲家と作詞家が作ったとナレーションの女性が説明している。だが、透湖の耳にはほとんど入っていなかった。その目はヒーローたちに釘づけだ。

——ポーズを取りながら歌うなんて、よく恥ずかしがらずにできるなぁ。渡辺がヒーロー役じゃなくて本当によかった。あれを覚えるのも演じるのも私には不可能だもの。

五人は舞台を縦横無尽《じゅうおうむじん》に動き回る。マスク越しだと歌詞はよく聞き取れないが、「この街の平和は俺たちが守る」と繰り返し歌っているのはなんとなく分かった。たぶん、そこがサビなのだろう。

ところがヒーローたちが二番のサビを歌い上げたその時、音楽が止まり、舞台の照明が一瞬にして落とされた。ざわめく観客をよそに、謎の高笑いが響き渡り、舞台のスクリーンに人影が映る。

どうやら敵の親玉のようだ。

——そういえば、ストーリーを聞きそびれていたわ。

ご当地ヒーローに興味がないため、彼らの基本的な設定すら分かっていない透湖だった。

『ワーハハハ、この街を支配するのは我々だ。祭りで浮かれている人間どもを抹殺してくれようぞ！　出《い》でよ、宇宙怪獣スペースGよ！』

——もしかして、私はスペースGという名前なの？

それを確認する間もなく、耳元に渡辺の声が響いた。

『先輩、出番っす!』

透湖は慌ててステージの中央に向かって歩き出した。

ステージ後方に設置された大きなスクリーンに、ビルが立ち並ぶ街のシルエットが浮かび上がる。同時に恐竜の叫び声のようなものと、ズシンズシンという足音がステージに響き渡った。もちろんこれは音による演出だ。

さらに不穏なBGMが流れる中、透湖演じる着ぐるみ怪獣——もといスペースGがのしのしとステージの上を歩いていく。

そろそろ最初の立ち位置のはずだ——そう思った矢先、耳元で渡辺の声がした。

『そこっす。先輩、その場で立ち止まってください!』

背景となるスクリーンには、透湖がいるあたりから光線や火が噴き出し、街を破壊している様子が映し出されている。視界の狭い着ぐるみの中からしか周囲を見ることができない透湖には、横で何かが光っているということしか分からないが、観客には怪獣の目から光線が出て、口から火を噴いているように見えるだろう。

なるほどと透湖は思った。CGで作られた映像と合わせるために、怪獣の立ち位置が重要だったのかと。

しばらくすると、光線と火が消え、スクリーンには怪獣が大暴れして破壊されたような街のシルエットが映し出されていた。

ナレーションの女性の声がステージに響く。

『なんということでしょう、私たちの街がどんどん破壊されていきます！　このスペースGの暴挙を止められるのは、私たちのヒーロー戦隊サクラマンしかおりません。会場のみなさん、力を合わせて、大きな声で彼らを呼びましょう。せーの、サクラマーン！』

ナレーターの声に合わせて、子どもたちと付き添いの保護者が声を出す。

ちなみに桜町《さくらまち》のご当地ヒーローなので、彼らの名前も「サクラマン」なのである。

「サクラマーン！　助けに来て――！」

子どもたちの声に応えて舞台の袖《そで》から登場したのは、五人のご当地ヒーローたちだ。

「街の平和は俺たちが守る！」

テーマソングの歌詞と同じような台詞《せりふ》を吐きながら、ヒーローたちは怪獣を取り囲み、攻撃を始めた。

『その場で適当に暴れてくださいっす、先輩。手を振り回すとか、そんな程度で大丈夫です』

透湖は渡辺の指示のもと、着ぐるみの手をぐるぐる振り回した。

ヒーローたちは透湖演じる怪獣スペースGに向かって殴りかかったり、大げさな動作で蹴りを入れたりする。ところが攻撃が当たる前に、ヒーローたちは弾《はじ》き飛ばされたように派手にステージ上を転がった。

「くそっ、攻撃が通じない……！」

なるほど、どうやら彼らの攻撃が怪獣にはまったく通用しないという設定らしい。

舞台に慣れて少し余裕が出てきた透湖は、ファイティングポーズを取りながらシュッシュッと殴る動作をする。すると、さすがヒーローの中の人たちは慣れているだけあって、透湖の動きに合わせてタイミングよく倒れてくれた。

――あ、ちょっとこれ楽しいかも。

調子に乗って暴れる透湖の耳元で、渡辺の声がした。

『いいっすよ、先輩！　その調子です。でもそろそろ倒される時間っすよ』

どうやら楽しい時間は終わりのようだ。

――悪役は正義のヒーローに倒されなくちゃならないんだものね。

「俺たちは負けられないんだ……！」

赤いコスチュームを着たヒーローがよろよろと立ち上がり、仲間を振り返って叱咤激励《しったげきれい》する。

「いいか、みんな！　力を合わせよう！　合体技だ！」

突然ステージ上に鳴り響くテーマソングに合わせて、ヒーローたちが組体操を始めた。おそらく「みんなで力を合わせる」を体現した動きなのだろうが、どう見てもただの組体操である。

――あれ、小学生の時にやったなぁ……

横に広げた手を繋いで支え合い、扇《おうぎ》のような形を作る技だ。見栄《みば》えがするわりに簡単そうだが、やっている方はかなり大変なのだと透湖は経験から知っていた。

ヒーローたちは扇《おうぎ》の技を綺麗に決めると、その姿勢のまま全員で声を合わせた。

「食らえ、必殺、サクラマンビーム!!」

パパパとスポットライトが一斉にヒーローたちを照らし出す。後ろのスクリーンには、光の束《たば》のような光線が透湖の方に向かってまっすぐ伸びてくる光景が映し出されていた。

それが怪獣の着ぐるみに重なると同時に、『ギャアアア』という、いかにもやられましたよ的な音がステージに鳴り響く。

ヒーローたちの組体操――もとい、合体技を照らしていたスポットライトが、今度は透湖が演じるスペースGを照らし出した。合体技に撃たれたことを演出しているのだろう。

――そろそろ倒されて終わりか。……それにしても、眩《まぶ》しすぎない？

四方八方から照らす光はかなり強烈で、眩《まぶ》しく感じた透湖は思わず目を閉じた。着ぐるみの中にいる自分が、こんなに眩《まぶ》しく感じるのはおかしい――と思う間もなく。

瞼《まぶた》の裏で光の残像がチカチカと瞬《またた》いた。

『先輩、スペースGは倒されました。スポットライトが照らしている間に、ステージの床で横になってください。あとは寝たままでOK……って、先輩？』

渡辺の声が聞こえたが、奇妙なことに、その音はやけに遠かった。

『先輩、どこっすか、先輩!?』

焦ったような渡辺の声が最後に聞こえて――不意に消えた。

＊　＊　＊

「先輩、スペースGは倒されました」

渡辺哲也はステージに視線を向け、無線で透湖に指示を出しながら思っていた。

――なんか、やけにライトが眩《まぶ》しくないっすかね？

ステージは光に埋め尽くされ、怪獣の輪郭《りんかく》がぼやけてはっきりしないほどだ。

「スポットライトが照らしている間に、ステージの床で横になっててください。あとは寝たままでOK……って、先輩？」

眩《まぶ》しさのあまり、ほんの一瞬目を逸《そ》らした間に、輪郭《りんかく》どころか怪獣そのものがスポットライトの中から消えていた。

すでに横になっているのかと、目を眇《すが》めてみても、何もなかった。そう、何も。

「先輩、どこっすか、先輩⁉」

慌てて呼びかけるも、透湖に渡したイヤホンは受信するだけのものなので、応答はもちろんなかった。

照明係も異変に気づいたのか、スポットライトが消されていく。ようやく光に邪魔されずにステージを見られるようになったが、そこに怪獣の姿はない。ステージの下に転げ落ちたのでもなく、忽然《こつぜん》と姿を消してしまったのだ。

観客がざわめき始める。ステージの上で合体技を解いたヒーローたちも、困惑気味に透湖のいた場所を見つめている。

誰もが唖然とする中、ナレーションの女性がハッと我に返り、マイクに向かって声を張り上げた。

『こ、こうして宇宙怪獣スペースＧは消滅し、桜町の平和は守られたのでした！　ありがとう、サクラマン！』

このナレーションの言葉で、怪獣が突然消えたのは演出だったのかと観客たちは思ったようだ。

拍手が鳴り響く中、渡辺はステージの周囲を見回しながら呟《つぶや》いた。

「先輩、一体着ぐるみのままどこへ行っちゃったんっすか？」

＊　＊　＊

――同じ頃。

見知らぬ街の石畳の上で、着ぐるみを身に着けたままの透湖が叫んでいた。

「ちょっと、ここはどこなの⁉　つい今しがたまでステージにいたはずなのに！」

眩《まぶ》しさのあまり目を閉じて、次に開けてみたら違う場所にいたのだ。

――こんなところ、フェスティバルの会場にあったっけ？

着ぐるみを着たまま、ステージから異なる世界に迷い込んでいたことに、この時の透湖はまだ気づいていなかった。

第二章　異世界チートなのは着ぐるみでした

城塞《じょうさい》都市セノウにある国境警備団の総本部の一室。そこにその一報が届いたのは、エリアスルード・アージェスとセルディ・ハイネマンが書類仕事と格闘している時だった。

「突然申し訳ありません、アージェス隊長、ハイネマン副隊長！」

ノックもなしに部屋に飛び込んできたのは、街の警備を担当している第五小隊の隊長だ。

「カーナディじゃないか。どうした？」

書類から顔を上げてセルディが促《うなが》すと、廊下を走ってきたのか汗だくになっているカーナディ第五小隊長は息を整えながら答えた。

「巡回中の部下から連絡が入りまして。新市街に、マゴスの幼体らしきものが現れたそうです！」

「マゴスの幼体だと!?」

思わずといったふうに椅子から立ち上がったのはエリアスルードだ。

「はい。未確認ですが、別の市民からも目撃情報が寄せられております。ひとまず兵を出しましたが、もし本当にマゴスの幼体であれば、我々だけでは対処できません」

「すぐに現場に行く」

短く答えると、エリアスルードは椅子の近くに立てかけてある剣を手に取った。その剣を腰に差しながら矢継ぎ早に指示を出す。

「本当にマゴスの幼体なら、近くに親がいるはずだ。今は姿が見えなくとも、すぐにやってくるだろう。近隣の住民をただちに避難させるんだ。それと警備兵たちに伝えてくれ。マゴスの幼体を見かけても、俺が到着するまで決して手出しをしないようにと。幼体とはいえ、何をするか分からないからな」

「はい。承知しました。すぐそのように致します」

カーナディ小隊長は真剣な表情で頷《うなず》いた。

彼は軍人らしい厳《いか》つい容姿をしている。一方のエリアスルードはすらりと背が高く、明るい金髪に青緑の瞳を持つ端整な顔だちの青年だった。

そこだけ見ると、たたき上げの中年軍人と、身分のおかげで高い地位にいる青年将校といった感じだ。だが、カーナディ小隊長のエリアスルードを見る目は、尊敬と憧《あこが》れが入り混じったものだった。

それも当然だろう。一見、貴族的で育ちの良さを窺《うかが》わせる容貌のエリアスルードは、若くしてフアンデロー国軍の精鋭中の精鋭、騎竜隊を預かる実力者なのだから。彼が戦うところを一度でも目にしたことがあれば——いや、そうでなくともこのセノウの街でエリアスルードの実力を疑う者はいない。

砦《とりで》がマゴスに襲われるたびに騎竜隊を率《ひき》いて応援に駆けつけ、死闘を繰り広げて街に戻ってくる。エリアスルードと騎竜隊のおかげでこの街が無事であることを、子どもでも知っているのだから。

それどころか、エリアスルードの実力は諸外国にまで知られていた。

──「マゴス・スレイヤー（マゴスを狩る者）」。

まだ軍に入ったばかりの頃、偶然マゴスに遭遇し、たった一人で討伐を果たしたことからそう呼ばれている。

エリアスルードの名前は知らなくとも、「マゴス・スレイヤー」あるいは縮めて「マゴスレイヤー」の称号を知らない者は一人もいないだろう。

マゴスを狩るのは英雄である彼の使命なのだ。

「セルディ、あとは頼む」

騎竜隊の副隊長で、自分の右腕でもあるセルディに一言告げて、エリアスルードは部屋を飛び出そうとする。それを止めたのは、他ならぬセルディだった。

「まぁ、待て、エリアスルード。お前が行く必要はない。新市街へは俺が行く」

セルディは剣を手に立ち上がった。エリアスルードは目を丸くする。

「セルディ？」

「お前がいない間にマゴスが砦《とりで》を襲ってきたらどうする。お前はここに残って、俺が新市街に行くのが一番いい。それに、目撃されたマゴスの幼体は本物かどうか怪しいいんだろ？」

それに答えたのはカーナディ小隊長だ。

「はい。まだ確認が取れているわけではありません」

「砦《とりで》に詰めている兵ならともかく、市民も警備兵もマゴスの幼体を実際に見たことはないはずだ。他のものをマゴスと見間違えたんじゃないか？　それが何かは分からんが、マゴスじゃないと思う。なぜなら、騎竜たちが騒いでいないからだ」

窓の外を指さしながらセルディは言う。エリアスルードが窓の外を見ると、旧市街を囲む城壁の屋根で羽を休めている翼竜《よくりゅう》たちがいた。うずくまって寝るなど、くつろいだ様子を見せている。

セルディの言葉にエリアスルードは頷《うなず》く。

「いつも通りだな。確かに、マゴスがセノウの近くに――それも新市街にいたら、翼竜《よくりゅう》たちはとっくに騒いで俺たちに知らせているだろう」

「だろ？　だから新市街のマゴスの幼体は、何かの間違いじゃないかと思うんだ。大方、マゴスの姿絵を遠目に見て勘違いした者がいたんだろう。まぁ、まだ確認したわけじゃないが。とにかく、何かあった時のために、お前はここで待機してくれ。新市街へは俺が確認しに行く」

「お前が行くのは構わないが……」

いそいそと支度するセルディを、エリアスルードは胡乱《うろん》げな目で見た。

「書類仕事に飽きて、俺に押しつけようとしているわけじゃないんだよな？」

「べ、別に、そういうわけじゃないぜ」

言いながらもセルディの目が泳いでいる。どうやら図星だったようだ。

エリアスルードは軽いため息をついた。自分とセルディは上官と部下という立場だが、幼馴染《おさななじみ》として育ち、軍でも一緒にいるせいか、互いの気質を知り尽くしている。

セルディはなんでも器用にこなすし、頼れる部下ではあるが、書類仕事だけは苦手なのだ。身体を動かしている方がよっぽどいいらしい。

きっと、今回も書類仕事が嫌で、自分が代わりに行くと言い出したのだろう。何かあった時のため……というのは建前で。

だが、彼の言葉は一理ある。最近になってマゴスの襲来が頻発《ひんぱつ》しているので、いざという時のためにエリアスルードが総本部にいた方が合理的なのだ。

エリアスルードはしぶしぶ剣をベルトから鞘《さや》ごと引き抜き、セルディに告げた。

「分かった。行ってこい。……だけど、本物のマゴスの幼体だという可能性も否定できない。くれぐれも注意してくれ」

「了解。何年お前の下でマゴスと渡り合ってきたと思っているんだ。マゴスの恐ろしさや強さは身に染みてる。何かあったら魔法ですぐに知らせるよ。じゃ、カーナディ小隊長。マゴスの幼体とやらが目撃された場所を教えてくれ」

直接案内するというカーナディ小隊長を連れて、セルディは執務室を出ていった。

一人になったエリアスルードは、小さくため息をついて窓の外を見つめる。そこから見える街の風景はいつもと変わらなかった。

「……マゴスの幼体……か」

そう呟《つぶや》く彼に、セルディが向かった先でセノウの街の——いや、国の運命すらも変える出会いが待っているとは、知る由《よし》もなかった。

＊　＊　＊

透湖の目の前には、石畳の道と、漆喰《しっくい》の壁の家がずらりと並んでいた。

「ここ、イベント会場のどこなんだろう？」

キョロキョロと辺りを見回しながら呟《つぶや》く。まったく覚えのない場所だ。さっきまでイヤホンから聞こえていた渡辺の声も、今は全然聞こえない。

——確か、ショーの途中で光が眩《まぶ》しくなって目を閉じたはず。それが目を開けてみたらこんな場所にいるなんて、一体どうして？

不思議に思ったが、この時点で透湖の頭の中に、ここが自分の住んでいた世界とは違う場所だという考えは浮かんでいなかった。

なぜなら、見知らぬ場所ではあるものの、写真やテレビ、それにインターネットで似たような場所を見たことがあったからだ。

――中世ヨーロッパの面影を残す……えっと、確かドイツにある有名な観光地。あれとそっくりだわ。

石が敷き詰められて少しでこぼこした道も、ずらりと立ち並ぶ漆喰《しっくい》で塗られた壁も、統一感のある茶色の屋根も、ガイドブックに載っていた写真ととてもよく似ている。

だからこそ透湖はここをイベント会場の中だと勘違いしたのだ。中世の街の一部を再現したコーナーか何かだと思っていた。

「とにかく、このコーナーを抜けるか、人を探してヒーローショーの舞台の場所を聞かないと」

今透湖が立っている通路は、どうやら本物らしく再現された路地のようだ。道幅は狭く、人が三人並んで通れるか通れないかくらい。人通りもまったくなく、しんと静まり返っていた。

――まるでゴーストタウンみたい。人気《にんき》がなくて人が入ってこないのかしら？

あくまで透湖はここをイベント会場の中だと信じ、疑いもしなかった。

――ま、いいわ。とにかく路地をこのまま進めば大通りに出られるかもしれない。大通りに出れば、さすがに人もいるはず……

そう思い、歩き始めようとした時だった。頭上でバタンとガラス窓が閉まる――あるいは開いたような音が聞こえた。ハッとして顔を上げるけれど、路地に面した家のガラス窓はすべて閉まっていて、どこから音がしたかは分からなかった。

――気のせいかな？

首を傾げながら、透湖は顔を前に戻して歩き始める。

石畳の道を着ぐるみ姿で進む透湖は知らなかった。二階の窓から偶然透湖の姿を見つけた住人が、慌てて反対側の出入り口から飛び出し、警備兵の屯所《とんしょ》へ駆け込んだことを。屯所《とんしょ》から「マゴスの幼体らしきものが街中《まちなか》にいる」との連絡を受けたカーナディ小隊長がセルディたちのところへ向かったことも、当然知る由《よし》もない。

「広い通りに出たのはいいけど……」

狭い路地を抜けて、先ほどより幅の広い通りに出た透湖は困惑していた。そこにも誰もいなかったのだ。

通りには看板のついた店らしき建物が軒《のき》を連ねていたが、透湖に見える範囲内で営業している店は皆無《かいむ》だ。扉は施錠され、明かり一つ灯《とも》っていない。

「人の姿も見えないし……」

――これじゃ本当にゴーストタウンみたいじゃない。本当にここ、フェスティバル会場の中なのかな？　もし、違っていたら……

不安が押し寄せてきて、思わずぶるっと背筋を震わせた時だった。透湖から十メートルほど離れた店の扉から、買い物籠《かご》を手にした人が出てくる。ちょっと古めかしい、くるぶしまである灰色のワンピースにエプロンをつけた、まだ若そうな女性だ。

――ここのコーナーのスタッフさんかな？

街並みに合わせて中世ヨーロッパ風の服装をしているのだろう。そう解釈した透湖は、パタパタと走り寄りながら声をかけた。

「すみませーん、ヒーローショーの会場って、どっち――」

その声に振り返った女性は、透湖の姿を認めたとたん、ぎょっと目を剥《む》く。そして、恐怖に満ちた表情を浮かべた。

「え？　あの……」

「キャアア！」

「あっ、ちょっと！」

女性は悲鳴をあげて、透湖が来たのとは反対方向に向かって走り始めた。それも普通の走り方ではなく、まるで逃げるかのように。

瞬《また》く間に女性の姿は見えなくなった。後に残ったのは、地面に転がっている手提げの籠《かご》だけ。それは女性が透湖の姿に驚いて地面に落としたものだった。

「一体、なんなの……？」

唖然とした透湖は、引き止めようと手を上げかけた姿勢のまま固まっていた。だが、視界の端《はし》にその手が入ったことで、今の自分の姿にようやく気づく。

「あ、もしかして、着ぐるみ姿だったから、驚かせちゃった？」

当然と言えば当然だろう。怪獣の着ぐるみに突然声をかけられれば、誰だって驚くに決まっている。

――でも、驚くのは分かるけど、血相を変えて逃げ出すほどかしら？

ゆるキャラが流行《はや》って以来、祭典や催《もよお》しなどに着ぐるみが登場することは多い。着ぐるみを見て人が寄ってくることはあっても、あんなふうに逃げられることなんてあるだろうか。まだ幼い子どもならともかく。

まして今回のフェスティバルではヒーローショーがあると告知されていて、この怪獣はポスターにも登場しているのだから、スタッフの人が知らないというのも変な話だ。

――……本当にここはフェスティバルの会場なの？

透湖の背筋に冷たいものが走る。

考えてみれば、フェスティバルの会場には舞台の他に屋台なども立ち並んでいて、これほど大掛かりなセットを組む余地はなかったはずだ。そもそも中世ヨーロッパの街並みを再現したコーナーなんてあっただろうか？

――ポスターはチラ見しただけだから、定かじゃないけど、そんなのなかった気がする……

「……だったら、ここはどこ？　本当にヨーロッパに来ちゃったか、それとも中世ヨーロッパ風の異世界にでも紛《まぎ》れ込んじゃったわけ？　ライトノベルみたいに？」

まさかね。などと思いながら独り言を呟《つぶや》く。読書に関して雑食の透湖はライトノベルにも手を出しているので、ついそんなことが頭に浮かんでしまう。

――異世界にトリップ、あるいは転生した主人公が、神様から授かったチートで無双する。そんな作品を何作も読んだけど、それを自分が体験するなんてありえないわよね？

「まさか、そんなこと起こりっこないか」

自分の想像を笑い飛ばすと、透湖はまた歩き始める。ところが歩けども歩けども、人の姿は見当たらない。

――けっこう歩いたわよね？　もしここが本当にフェスティバルの会場だったら、とっくに抜け出しているはず。つまり、ここは私のいた街じゃなくて……

「あ、もしかして私、夢を見ているのかも？」

唐突にそんな考えが浮かんで、透湖は納得した。異世界トリップしたのだと考えるより、よっぽど現実的だったからだ。

――そっか、これは夢なんだ。きっと舞台で光に目がくらんで気絶しちゃったんだわ。でなければ、こんなところにいる説明がつかないもの。

着ぐるみを着ているので頬をつねることはできないが、きっと何か衝撃があれば目を覚ますはず。

透湖は石畳の床をじっと見下ろした。

――着ぐるみを着ているとはいえ、ここに倒れ込めば少なからず衝撃はあるはず。一度転ぶと起き上がるのがすごく大変なのは知っているけど、これで目を覚ますことができるなら……

「よし、やるぞ！」

覚悟を決めて、正義の味方に討伐された怪獣のように倒れ込もうとした――その時だった。

石畳の道の上を、何人もの人間が走っているような音が聞こえた。その足音はこちらに近づいてきている。

――あ、なんだ。人いるんじゃない。

そう安心したのもつかの間、ガチャガチャと金属がぶつかるような音まで聞こえてくることに気づいて、透湖は嫌な予感を覚えた。

――これってドラマやアニメでよくある、甲冑《かっちゅう》とか着て剣を持っている人たちが立てる音じゃない？

嫌な予感ほど当たるものだ。通りの向こうから足音の主たちが近づいてくる。その姿を目にした透湖は顔を引きつらせた。

それは武装した兵士たちだった。甲冑《かっちゅう》あるいは鎖帷子《くさりかたびら》のようなものを身に着けて、剣や槍《やり》を手にしている。

――こ、これも夢かな？　いや、それよりも、あの人たちの標的って私だよね？

残念ながら、ここには透湖しかいない。彼らの目的が自分であることは明らかだ。

――どうしよう、逃げるべき？

今来た道を引き返そうとして、後ろを振り返った透湖はぎょっとする。兵士は前方だけでなく、いつの間にか後ろにもいたのだ。音は前からしかしなかったので、もしかしたら悟られないよう足音を忍ばせて近づいたのかもしれない。

焦っているうちに囲まれてしまい、透湖は逃げるに逃げられなくなった。

――あの兵士さんたちが持ってる剣って本物かな？　これが夢ならいいけど、もし夢じゃないなら私、大ピンチ？

兵士たちは透湖を遠巻きにしていて、なぜか手の届くところには近づいてこないが、体格がよく武装した男たちに囲まれている状況には変わりない。

どこかに隙でもあれば、走って逃げられるかもしれない――そんなことを考えながら素早く視線を巡らせると、その先にいる兵士たちが怯《ひる》むのが分かった。

――あれ？　なんか、兵士さんたちの私を見る目が……怖がっているような……？

気のせいだろうか。けれど、透湖に視線を向けられた兵士たちが後ろに下がる。やはり怯《おび》えていると見ていいだろう。

――この着ぐるみのせいかな？

そうとしか考えられない。けれど、全員が怖がっているわけではないようで、透湖の動きを冷静に観察している者もいた。

兵士たちをかき分けて前に出てきた青年も、そのうちの一人だ。

「おいおい、セノウの街を守る警備兵がそんな弱腰じゃ困るな。砦《とりで》にいる仲間たちはこの街を守るために命がけで戦っているというのに」

「ハイネマン副隊長」

兵士たちが彼を見てホッとしたような表情を浮かべる。青年はまだ若く、二十代初めか半《なか》ばのように見えた。背が高く、髪は茶色だ。引き締まった身体の持ち主で、端整というよりは精悍《せいかん》な顔だちをしている。周囲の兵士たちの方が明らかに年上で、特に青年の斜め後ろにいる男性は中年――もしくは初老と言った方がいいような風貌《ふうぼう》だ。

にもかかわらず、青年が他の兵士とは一線を画する存在だということが、一目で分かった。周りの兵士たちとは服装も装備も明らかに違っていたからだ。他の兵士たちはみな同じような武装をしているが、青年だけはもっと上等な服を着ており、武具も異なっている。

透湖にはピンときた。

――この人が指揮官に違いない。

実際は斜め後ろに控えている中年の男性が指揮官で、青年はより上級の位《くらい》につく将校なのだが、そんなことが透湖に分かるはずもない。分かるのは、ここにいる兵士の中で一番偉い人間であろうということだけで、その認識に間違いはなかった。

「怖がる必要はない。マゴスの幼体っぽく見えるが、たぶん違う」

油断なく透湖の様子を窺《うかが》いながら、青年は腰に差した剣を抜く。銀色に輝く剣は、模造刀には見えなかった。

――アレで斬られたら私、死ぬかな。それとも衝撃で夢から覚めるか、元の世界に戻れる？　その可能性も否定できないけど、それに賭ける気はないわよ！

透湖は慌てて口を開いた。

「ま、待って！　怪しい者じゃないから！　……いや、我ながら怪しいのは確かだけど、無害、無害だから！」

そう言った瞬間、兵士たちの間にざわめきが走る。

「しゃべった⁉」

「人間の言葉を話したぞ⁉」

目の前の青年が眉を上げた。

「マゴスに似ていて、人間の言葉を話せる生き物なんて聞いたこともねぇな。言葉が話せるなら意思の疎通はできるんだろう」

言いながらも、青年が透湖に対する警戒を解くことはなかった。

——マゴスってなんだろう？　さっきも同じこと言ってたわよね？

よく分からないが、とにかくその「マゴス」とやらに似ているせいで怪しまれているようだ。

——よし、ここは着ぐるみを脱いで、無害でか弱い女性なのだと証明しないと！

透湖はマスクに手をかけると、よいしょと顔から引き抜いた。これで人間だということが彼らにも分かるだろう。

着ぐるみの頭部を脱いだ透湖の姿に、再び兵士たちがざわめく。けれど、先ほどとは違い、どこか安堵《あんど》したような表情になった。青年もホッとしたように力を抜き、剣を鞘《さや》に収める。

——よし、イケる！

こちらの話を聞いてくれそうだと思った透湖は意気込むあまり、先ほどまで日本語で話していた兵士たちの口から零《こぼ》れる言葉が、明らかに変わっていることに気づけなかった。

青年に一歩近づきながら、透湖は話しかける。

「あの、聞きたいことがあるんです！　ここはどこですか？　日本ですか？　それともヨーロッパのどこかの国ですか？」

だが、答えは返ってこない。それどころか、さっきまでは平静だった青年が、怪訝《けげん》そうに眉を寄せて透湖を見ている。

——もしかして日本やヨーロッパという言葉に聞き覚えがない？　やっぱりここは異世界なの？

周囲の反応からそう解釈した透湖だったが、事態はもっと深刻だった。

「——、————？」

青年の口から出てきた言葉は、まったく知らない言葉だった。日本語でも英語でも、ましてフランス語やドイツ語でもない。今まで聞いたことのない音と響きだ。

「え？　え？　え？」

透湖は困惑した。

——さっきまでこの人、流暢《りゅうちょう》な日本語を話していたのに……

そこまで考えてハッとする。もしかしたら、さっきの怪訝《けげん》そうな反応は、向こうも透湖の言葉が分からなかったせいだろうか？

——つい今しがたまで日本語が通じていたし、向こうの言ってることも理解できていたのに、どうして急に分からなくなったの……？

「ん……？」

唐突にひらめく。先ほどまでとは異なる点が一つだけあるではないか。

「まさか……」

ごくりと息を呑み、透湖は両手で抱えている着ぐるみの頭部を見下ろした。

——もしかして、この着ぐるみを被っていないと、言葉が通じないの⁉

＊　＊　＊

一方、セルディも困惑していた。

マゴスの幼体が街中《まちなか》にいると聞いて、兵士たちとともに駆けつけてみたら、それは本物ではなかった。どうやらマゴスの幼体とよく似た被り物をした人間らしい。その頭を脱いで中から出てきたのは、まだ幼さを残す黒髪の少女だった。

——なんて人騒がせな。

安堵《あんど》しながらも、一言注意しなければと考えたセルディは、剣を収めて少女に声をかけようとした。その時、少女の口から零《こぼ》れたのは、まったく知らない言語だった。

「××、×××××××！」

「――は？」

セルディが驚くのも無理はないだろう。先ほどまで完璧な発音のファンデロー語を話していたのに、突然おかしな言葉をしゃべったのだから。周囲の警備兵たちも面食らったように少女を見ている。

「おいお嬢ちゃん。あんた一体、何を言ってるんだ？　俺たちにも分かる言葉で話してくれ。さっきまで、ファンデロー語を話していたじゃないか」

声をかけると、少女はぎょっとしたようにセルディを見つめた。その表情から、こちらの言葉も通じていないことが見て取れる。

「ハイネマン副隊長……あの子は何を言っているんでしょうか？　さっきまではミゼル弁を話していたのに」

後ろに控えていたカーナディ小隊長が唖然としたように呟《つぶや》く。その声を拾ったセルディは思わず振り返った。

「ミゼル弁？　いや、あの子は訛《なま》りのないファンデロー語を話していたぞ？」

ミゼル弁とはセノウの街を含めた北方で使われている方言だ。ファンデロー語と同じ流れを汲《く》む言語なのでなんとなく意味は通じるが、語尾が違ったり、発音が多少異なったりしているので、聞けばすぐに分かる。

だが、カーナディ小隊長は首を横に振った。

「いやいや、ミゼル弁でしたよ。私は北方出身で幼い頃からミゼル弁を話していたので間違えはしません。あの少女が話していたのは、確かにミゼル弁でした」

つまりセルディは普通のファンデロー語だと思っていた言葉が、カーナディ小隊長にはミゼル弁に聞こえたということだ。

二人の話を聞いていた兵士たちが、口々に言った。

「お、俺には南部訛《なま》りがあるように聞こえました！」

「私にはカーナディ小隊長と同じくミゼル弁に聞こえました！」

どうやら少女の言葉は、各兵士たちの出身地の言葉として耳に届いていたようだ。

「どういうことだ……？　魔法？　いや、こんな魔法は聞いたことがないな」

一瞬、少女が魔法を使っているという考えが浮かんだが、セルディはすぐに否定した。いくら魔法といえど、相手の出身地に合わせて言葉の聞こえ方を変えるなど不可能だ。もっと少人数が相手で、あらかじめ出身地を調べておけば可能かもしれないが。

だとしても、これだけの数の兵士がいる中で魔法を編むとなると、相当の手間と魔力が必要だ。セルディが知る中で、そんな芸当ができるのは、「大魔法使い」などと一部で言われている幼馴染《おさななじみ》のリースファリドだけだった。

――そもそもあの少女に魔力はない。魔力がなければ魔法を使うことはできないのだから、「魔法」という線は捨てていい。

ならば、なぜあの子の言葉は人によって異なる言葉に聞こえたのか。そこでセルディの中に一つの可能性が浮かんだ。

「もしかしたら、あの子は『来訪者』なのかもしれない。時期的に『来訪者』が現れてもおかしくないからな」

セルディの言葉にカーナディ小隊長と警備兵たちが息を呑んだ。

「『来訪者』……！　あの、言い伝えにある『来訪者』ですか？　あの子が」

「『来訪者』はこの世界のどの言語も流暢《りゅうちょう》に話せるそうだ。……まぁ、その仕組みはなんとなく分かった気がするが」

要するに彼らの言葉は、聞く相手の母国語に変換されていたのだろう。逆に彼らの耳にはこちらの世界の人間の言葉が、自分たちの母国語に聞こえていたに違いない。だからこそ、会話を交わすのに苦労しなかったのだ。

「じゃあ、どうして急にあの子の言葉が通じなくなって……ああ、なるほど、あの被り物ですか！」

カーナディ小隊長が納得できたとばかりに頷《うなず》いた。

「ああ、そうだ。あの被り物を通すことで相互に会話ができたようだな」

当の少女もセルディたちと同じ結論に達したらしい。何やら引きつった顔で、マゴスの幼体とよく似た被り物をじっと見下ろしている。

――マゴスの繁殖期と時を同じくして訪れると言われている「来訪者」。眉唾《まゆつば》だと思っていたが、まさか本当に存在するとはな……

ため息をつきながら、セルディは少女に声をかける。

「お嬢ちゃん、その被り物を頭に戻してみてくれ」

今の少女にはセルディの言葉は分からないはずだが、彼の仕草で理解できたのか、言う通りにしてくれた。

「俺たちの言葉が分かるか？」

「はい。分かります。……つまり、私は人と会話したければ、ずっとこれを被ってなきゃいけないってことなのね……」

セルディの耳にはファンデロー語に聞こえる言葉で言いながら、少女はがっくりと肩を落とした。憎きマゴスの幼体とよく似ているのに、その様子が妙に可愛らしく思えてしまい、セルディはつい口元を緩《ゆる》ませる。

今度の「来訪者」は素直な性格らしい。どうやら危険はなさそうだ。

――さて、どうするか。ひとまず総本部に連れていって話を聞いてから、総団長に相談しよう。

もし少女が本当に「来訪者」なら、国境警備団にとって重要な存在になるかもしれない。

——良くも悪くもな。

はたして「来訪者」の存在は彼らにとって吉と出るか凶と出るか。それはまだ誰にも分からなかった。

＊　＊　＊

透湖が読む異世界トリップ小説の主人公が、言葉が通じなくて困るシーンはほとんどない。みな「チート力」を授かっていて、異世界の言葉も自動翻訳されるからだ。

もしここが本当に異世界だったなら、透湖もまた自動翻訳機能の恩恵に与《あずか》っていると見ていい。……ただし、その自動翻訳機能がついているのは、透湖自身ではなく着ぐるみの方らしい。

「――、――」

じっと着ぐるみを見下ろしていると、青年が声をかけてきた。何を言っているのか不明だが、両手で何かを被るようなジェスチャーをしているので、言いたいことは明らかだ。

きっと彼も気づいたのだろう。先ほどまで透湖と話すことができたのは、この被り物のおかげだと。

透湖は頷《うなず》いて、怪獣の頭をスポッと被る。すると、青年や兵士たちの言葉が日本語として耳に届いた。

「俺たちの言葉が分かるか？」

「はい。分かります」

言葉が通じてホッとはするものの、とても複雑だ。なぜなら……

「……つまり、私は人と会話したければ、ずっとこれを被ってなきゃいけないってことなのね……」

――よりにもよって、怪獣の着ぐるみの頭？　これがないと相手が言っていることが分からないとか、ひどすぎる……

その事実に打ちのめされていると、青年が同情を含んだ声で話しかけてくる。

「ひとまず移動しよう、ここだと住人に迷惑になる。詳しい話は国境警備団の総本部で聞こうと思うが、いいだろうか？」

「あ、はい」

どのみち、ここがどこかも分からない透湖には、彼の言う通りにするしかないのだ。

――まずは情報収集だわ。それから自分の立場をはっきりさせて、生活の基盤を確保しなければ！

なぜなら小説の主人公たちは、みんなそうしていたからだ。

「あの、すみません。これだけ先に聞かせてください。ここはどこなんですか？　それと、日本という国に聞き覚えはありませんか？」

透湖が男性に尋ねると、彼はあっさり答えた。

「日本という国に聞き覚えはないな。あと、ここはファンデロー国の最北端の街セノウだ」

――はい、知らない国や街の名前出た！　異世界トリップ確定……！

やけくそのように透湖は心の中で叫ぶ。

どうやら身一つで――というか、着ぐるみ一つで異世界に飛ばされたようだ。原因は不明だが。

――小説でよくあるように、召喚されたというわけでもなさそうだし。これから私、一体どうなるのかしら？

「あの、これを頭から被ってもらってもいいですか？」

青年の斜め後ろにいた中年の兵士が声をかけてきた。その手にあるのは布でできた何か。色合いから見て、兵士たちが身に着けているマントのようだ。

「マゴスの幼体によく似ているので、その、街の住人がパニックにならないように隠していただけるとありがたい」

「あ、はい。分かりました。この姿を見られたらマズイんですね」

透湖が素直に頷《うなず》くと、彼は覆《おお》い隠すようにマントを頭から被せてくれた。着ぐるみの手で布を扱うのは無理なので、正直助かる。

――たぶん、この人も他の兵士たちより位《くらい》が上なんだろうな。

相変わらず遠巻きにしている他の兵士たちに比べて、この男性はあまり物怖《ものお》じしないようだ。

「準備はできたか？　じゃあ、出発しよう。人通りがある道を避けて本部に向かう」

「はい」

青年に促《うなが》されて、透湖はとてとてと歩き始める。兵士たちも透湖の前と後ろを囲むようにして進んだ。

彼らが透湖の周りを固めるのは、逃亡を恐れているというより彼女の姿を街の人たちに見せないようにするためらしい。この着ぐるみの姿は彼らにとって、よほど恐ろしいもののようだ。

——マゴスって言ってたっけ。それに似ているせいで、怖がられているみたいね。それって……つまり、この世界には怪獣がいるってことかな？

だとしたら、とんでもない世界に転移してしまったことになる。

——これからどうなるのかな……

先のことを考えると不安でいっぱいになってしまう。いくら本好きで、異世界トリップものもたしなむとはいえ、見知らぬ世界に飛ばされてワクワクできるほど能天気ではない。

透湖は着ぐるみの中でぎゅっと唇を噛みしめて、あふれそうになる不安を押しつぶした。

なんにせよ、自分を取り巻く状況が何一つ分かっていない今は、どうすることもできないのだ。

——頭を切り替えるのよ、透湖。意外とすぐに元の世界に戻れるかもしれないし。せっかくの異世界、この目でしっかりと見ておかなきゃ！

暗くなりそうな自分を叱咤激励《しったげきれい》して、透湖は俯《うつむ》き加減だった頭を上げた。

すると通りの先に、アーチ状になった門がある。その門の両脇には二階建てか三階建てくらいの高さがある漆喰《しっくい》の壁がずっと続いていた。

「街の中に壁がある……？」

驚いて呟《つぶや》くと、その声を拾った青年が朗《ほが》らかに答えた。

「あれは内壁だ。このセノウは城塞《じょうさい》都市でね。街全体が二重の城壁で囲まれているんだ。この通りを逆に進めば外壁にぶち当たる」

向かっているのとは反対側を指さしながら青年は言った。

「内壁はもともとこの街が作られた時には外壁だったものだ。人口が増えて、百年ほど前に街を拡張することになったんだが、防衛上の観点から取り壊されることなくそのまま残った。内壁の中は旧市街、外は新市街と呼ばれている」

「なるほど。だから街中《まちなか》に壁があるんですね……」

透湖の知るヨーロッパの古い街でもよくあるパターンだ。そういった意味では、どこの世界でも人間の行《おこな》うことはそう変わらないのかもしれない。

内壁の上に鳥らしきシルエットがずらりと並んでいるのを見て、透湖は口元を緩《ゆる》ませた。きっと内壁の上部は鳥の住処になっているのだろう。

――そうそう。ああいった風景も写真で見たことがある。共通点っていうのかな。そういうのがあるからなんとなく親近感がわ……

一羽が翼を広げたのを見て、透湖の思考が停止した。

——鳥じゃない……？

鳥によく似ているが、頭はトカゲっぽい形をしていて、広げた翼も透湖が想像していた羽根の集合体ではなく、コウモリの羽のようなものだった。

異様なのはそれだけではない。よくよく見れば、鳥にしては一羽一羽がやけに大きいではないか。

思わず透湖は足を止めた。

「あれは……何？」

透湖が見上げているものに気づいて、青年が頷《うなず》く。

「ああ、初めて見るのか？　あれは騎竜《ワイバーン》だ。俺の所属する騎竜隊の乗り物だな。普段はああして内壁をねぐらにしているのさ」

どこか誇らしげな口調なのは、彼自身があの騎竜に乗る兵士だからだろう。けれど、透湖は彼の言葉をほとんど聞いていなかった。

「ワイバーン……ワイバーンですって⁉」

着ぐるみの中で、透湖はくわっと目を見開く。

ワイバーンは地球では架空の生物とされ、しばしば下位のドラゴン種として小説などに登場する。外見は竜《ドラゴン》と似ているが四本脚ではなく二本脚で、細い尻尾《しっぽ》の先が矢じりのような形になっているのが特徴だ。

内壁の下から見る限り、この世界のワイバーンは竜と言うより翼竜《よくりゅう》と言った方が合っていると思われる。

――ワイバーン、本当にワイバーンだ……！　ということは、竜《ドラゴン》もいるかもしれないってことだよね？

竜《ドラゴン》は小説に限らずマンガやアニメにも多く登場する、キングオブファンタジーと言うべき幻獣だ。ドラゴン＝ファンタジーと言っても過言ではない。

――ドラゴンがいるかもしれないということは、もしかして、ここは剣と魔法の世界!?

昨今、ネットで検索すれば中世ヨーロッパっぽい街並みも簡単に見ることができる。そのせいで、今まである意味お馴染《なじ》みの光景しか目にしていなかった透湖は、初めて異なる世界にいると実感させられ――興奮していた。

――もしかして魔法とかも見れる？　あるいは私自身が使えちゃったりする？

――ヤバい！　ドキドキワクワクが止まらない……！

見知らぬ世界に飛ばされてワクワクできるほど能天気ではない、などと自負したことも忘れ、透湖はそんなことを考えていた。

内壁沿いの通路をぐるりと回った透湖は、ようやく到着した国境警備団本部の一室で椅子に座っていた。もちろん着ぐるみ姿である。

「色々聞かせてもらう前に、まずは自己紹介だな。俺はセルディ・ハイネマン。国境警備団騎竜隊の副隊長をしている」

机を挟んで向かいの席に座った青年――セルディが紙とペンを手に言った。おそらく透湖がこれから話すことを記録に残すためだろう。

ペンと言ったが、透湖たちが使っているボールペンなどの類《たぐい》ではなく、先をインクに浸《ひた》して使う、いわゆる羽根ペンだ。実際に目にしたのは初めてだったため、つい物珍しそうに眺めてしまう。

だが、透湖がセルディの手元に注目してしまうのは、何もペンのせいだけではない。この世界の文字がどういうものか興味津々《きょうみしんしん》だからだ。

「まずは君の名前を聞かせてくれ」

「梶原透湖です。外国風に言えば、トウコ・カジワラでしょうか」

「トーコ？」

なんとなく「ウ」の発音を伸ばされた気がして、反射的に訂正する。

「ト・ウ・コです。トーコでもトオコでもありません」

「ふむふむ。トウコだな」

セルディは頷《うなず》きながら、ペンの先に黒いインクをつけてサラサラと文字を書いていく。その手元を覗き込んだ透湖は思わず苦笑を浮かべる。

――日本語じゃん……

そう、セルディが書いているのは「トウコ・カジワラ」という文字《カタカナ》で、どう見ても日本語だった。彼らが日本語と同じ文字を使っているなどという都合のいい話はありえないので、これも自動翻訳機能のおかげだろう。

——文字まで変換してくれるのか……なんたる反則《チート》。

着ぐるみを脱いでしまえば、きっと意味不明な文字に見えるのだろうが、着ている限り文字を読むのも問題ないということだ。

その後も出身国や住んでいた場所などを問われるままに答えていく。セルディは透湖の答えにさして疑問を呈《てい》することなく書き記《しる》していった。彼が書く手を止めて聞き返したのは年齢くらいだろうか。

「二十一歳？　本当に二十一歳なのか？」

「正真正銘《しょうしんしょうめい》、二十一歳です！」

「……てっきり十三歳か、十四歳くらいだと……」

ポツリと小さく呟《つぶや》かれた言葉に、透湖は苦笑した。どうやらここでも「東洋人は若く見える」という常識が通用してしまうらしい。

「ちなみにセルディさんはいくつなんですか？」

「俺か？　俺は二十五歳だ」

「なるほど」

ふむふむと透湖は頷《うなず》く。彼の外見から予想した年齢と、実際の年齢に差はないようだ。そのことから、人間の成長速度みたいなものは元の世界とほとんど変わらないことが分かる。おそらく一日の長さや一年の長さも、あまり違わないのだろう。

「ふむ。その着ぐるみとやらでショーに出ていて、気づいたらセノウの街に立っていたというわけだな」

「はい。……あの……」

一通り説明した透湖は、おずおずと口を開いた。この世界について聞きたいことは山ほどあったが、それよりも気になることがあって、どうしても尋ねたかったのだ。

「私たぶん、ここととは違う世界から来たと思うんです。だって、ワイバーンなんて私のいたところじゃ、空想の世界の生き物でしかなかったから。そして、セルディさんもそのことに気づいている……ように思えます」

セルディの手元の紙には「ニホンコク、サクラマチ」などというカタカナが躍《おど》っている。そのたどたどしさを見れば、彼が透湖の口から出た単語を耳で聞こえたままに書いているのだと分かる。

この世界にない国や街の名前を聞いても、セルディの態度は変わらなかった。それどころか宇宙怪獣とか、ご当地ヒーローとか、普通ならば頭がおかしいと思われそうなことを透湖は口にしているというのに。

「私の頭がおかしいとか、妄想だとか思わずに、異なる世界のことだとすんなり受け入れているように見えるのは……気のせいでしょうか」

その疑問にセルディはあっさりと答える。

「そりゃあ、この時期に『来訪者』が現れるのは珍しいことじゃないからな」

「来訪者？」

「異世界からの来訪者という意味だ。マゴスの動きが活発になるこの時期に合わせたように、『来訪者』が現れる。昔から有名な話だ」

「え？　それってつまり、私のように異世界トリップした人が過去にもいるってこと？」

透湖が思わず椅子から立ち上がった時だった。

「セルディ！　『来訪者』が現れたというのは本当か？」

突然扉が開いて、一人の男性が入ってくる。キラキラの金髪に青緑の目をした、まるでおとぎ話の王子様のような美形だった。

――ふぁ……！　なに、この美形は！

思わず見とれていると、金髪美形も透湖の姿に気づいた。ハッと血相を変えて、腰に差していた剣の柄《つか》に手をかける。

「マゴスの幼体⁉」

「えっ⁉　違っ……」

「はいはい、ストップ！」

今にも剣を抜いて透湖を斬りつけそうな金髪美形を止めたのは、セルディの声だった。

「エリアスルード、よく見ろ。似ているが、マゴスの幼体じゃない」

その言葉に金髪美形は、まじまじと透湖――というより着ぐるみの怪獣を見つめる。

「マゴスの幼体に似た被り物をしているだけだ」

「被り物……」

「おう。ほら、芝居小屋の連中が舞台の上で、動物やらなんやらを真似て作った被り物をしているだろう？　あれと同じだ。中身はれっきとした人間の女性だと確認した」

「そういえば……マゴスの幼体とは色も少し異なるな」

ようやく納得したようで、金髪美形は剣の柄《つか》から手を離して身体の力を抜いた。

どうやら危機は去ったらしい。

金髪美形が透湖に向かって頭を下げる。

「すまない。いきなり襲いかかろうとして」

「あ、い、いえ。そのマゴスとやらに似ているなら、仕方ないことです」

透湖が胸の前で手を振りながら答えると、金髪美形は目を見張った。

「しゃべった……。本当に中身は人間なんだな」

「マゴスはしゃべらないからな。安心しろ。間違いなく人間だ」

セルディが力強く断言すると、金髪美形は頷《うなず》いた。それを確認し、セルディは透湖に言う。

「驚かせて悪かったな、透湖。こいつはエリアスルード・アージェス。騎竜隊の隊長で俺の上司だ」

「エリアスルードさんですね。……って、え？　上司？」

軍隊なら上下関係は厳しいだろうに、部下が上司に対してこんな口調で大丈夫なのだろうか？　それとも、これがこの世界の常識なのだろうか？

透湖の疑問を察して答えたのは金髪美形――エリアスルードだった。

「こいつの態度は気にしないでくれ。……上司に対する態度じゃないが、それは俺たちが幼馴染《おさななじみ》だからだ」

「幼馴染《おさななじみ》……」

呟《つぶや》きながら、透湖はまったく別のことを考えていた。

――「俺」ですって!?　こんなキラキラしくて王子様のような上品な顔だちなのに、一人称が「俺」……くっ、そのギャップがたまらない……！

見えないのをいいことに着ぐるみの中で萌え悶《もだ》えていると、エリアスルードがセルディに向き直った。

「それよりセルディ。新市街に現れたというマゴスの幼体を確認しに行ったお前が『来訪者』を連れて帰ってきたということは……その、彼女が騒ぎの原因だったのか？」

「そういうことだ。エリアスルード、お前は『来訪者』のことをどこから聞いた？　彼女に事情を聞いてから報告しようと思って、警備兵たちには箝口令《かんこうれい》を敷いたはずなんだが……」

首をひねるセルディに、エリアスルードは笑った。

「総団長から聞いた。あの人に隠し事なんてしても無駄だぞ。『来訪者』のことはとっくに耳に入っている。お前が彼女を連れてこの建物に戻ってくる前にな」

「あー、あの人は地獄耳だからな」

視線を天井に向けてため息をつきながらセルディはぼやいた。

「もう耳に入っているなら、わざわざ事前に報告しに行くこともないか。直接透湖を連れて総団長の部屋に――なんだ？」

急に強い風が吹いたかのようにガラス窓がガタガタと鳴った。と同時に、耳の奥でキンキンと不快な音が響く。エリアスルードとセルディはハッとして窓を見た。

「騎竜が鳴いている――」

エリアスルードの言葉に重なるように、今度はカンカンとせわしなく鐘を鳴らす音が街中《まちじゅう》に響き渡った。

「ちっ、こんな時にマゴスの襲来か」

セルディが舌打ちをする。エリアスルードはすでに戸口に向かっていた。

「行ってくる」

その背中にセルディが慌てて声をかける。

「彼女を総団長に託したら、俺もすぐに向かう！」

「分かった」

短く答えると、エリアスルードは扉の向こうに消えていく。彼だけではなく、この建物のあちこちからバタバタと走っていく音が聞こえた。鐘の音も依然として続いている。

「い、一体、何が……？」

何が起こったか分からない透湖はおろおろしながら、エリアスルードが消えた扉とセルディの顔を交互に見る。

この世界のことはまったく知らない透湖でも、響き渡る鐘の音が警告を意味しているのは分かる。

苦々しい顔をしていたセルディは透湖の狼狽《ろうばい》ぶりを見て、安心させるように表情を緩《ゆる》めた。

「ここから十キロほど離れたところにあるミゼルの砦《とりで》にマゴスが向かっているとの情報が入った。でも大丈夫だ。エリアスルードが騎竜隊を率《ひき》いて応援に行く。砦《とりで》が突破されなければ、ここは安全だ」

――砦《とりで》が突破されなければ。

不吉な前提に、透湖はごくりと唾《つば》を呑む。彼らの緊迫した様子から、それが容易ではないことが見て取れた。

「みんなが言っているマゴスっていうのは一体、なんなんですか……？」

「マゴスは……マゴスだな。いや、冗談ではなく、そう答えるしかない。マゴスがなんなのか、分かっている人間はいないんだ。動物ではないし、魔獣とも違う。だから俺たちは魔法生物と呼んでいる」

「魔法生物?」

「動物も魔獣も死ねば肉体が残る。けれど、マゴスは死体も残さず消えてしまう。まるで効果の切れた魔法のようにな。だから魔法生物ってわけだ。俺たち国境警備団の役目は、人類の天敵であるマゴスから国を守ることだ」

——人類の天敵……。魔法生物?

透湖は魔法という言葉が初めて出てきたことよりも、マゴスがなんであるかの方が気になった。この着ぐるみに似ているというマゴス。どんな生物なのだろう。

「俺も君のことを総団長に頼んだら、すぐにエリアスルードのところへ向かうつもりだ。なあに、セルヴェスタン総団長はいい人だから、安心してくれ」

「う、うん。分かった」

ここまでずっと付き添ってくれたセルディがいなくなると聞いて心細くなった透湖だが、我がままを言って引き止めるわけにはいかない。

セルディは椅子から立ち上がると、何かを手にして透湖に背中を向けた。そして、ここにいない誰かと話し始める。

——携帯電話でもあるのかな?

そんなふうに思ったのも無理はないだろう。だがもちろん、この世界に携帯電話などはなく、魔法石を使った――つまり魔法を使った通話手段だ。

この世界に電気はなく、代わりに魔法を閉じ込めた魔法石と呼ばれる石を、さまざまな形で生活に使っているのだった。

＊　＊　＊

一方、セルディ・ハイネマンは通話の相手であるセルヴェスタン・ロードから思いもかけないことを言われて困惑していた。

「……彼女を砦《とりで》に連れていけですって？　総団長、本気ですか？」

『本気だとも』

通信用の魔法石には、セルヴェスタンの顔が映っている。

彼は国境警備団の総団長であり、城塞《じょうさい》都市セノウの市長でもある人物だ。体格の良い――言ってしまえばマッチョな四十代の男性で、おおらかかつ豪胆な性格で知られている。彼を慕《した》う人間は多く、セルディもエリアスルードもそのうちの一人だが、今のセルディは石に向かって怒鳴りたい思いでいっぱいだった。

「あそこは今、マゴスの襲来を受けているんですよ！　そんなところへ女性を連れていけだって？

さすがに危険すぎます！」

――一体、何を考えているんだ!?

そんなセルディとは反対に、セルヴェスタンは冷静だった。

『危険は承知だ。だが幸い、今回襲ってきたマゴスの数は五体と報告されている。エリアスルードと騎竜隊だけでもなんとかできる数だ。なあに、心配はいらない。お前の腕なら女性の一人や二人守れるだろうさ』

ガハハハとセルヴェスタンは大口を開けて笑う。

――くそ、このおっさん、本当に王族か？

セルヴェスタンを知る人間は誰もが首を傾げてしまうが、国境警備団の総団長になれるのは王族の血を引く男児だけ。よって、彼が王族なのは確かだ。

「理由は？　なぜ彼女をわざわざ危険な場所に連れていかなければならないんです？」

『決まっているじゃないか。「来訪者」だからだ。マゴスの繁殖期に現れる「来訪者」は、マゴスを倒すための特別な能力を持っている。そう言われているのはお前も知っているだろう？　今回の「来訪者」がどんな能力を持っているのか、あるいは持っていないのかを早いところ見極めなければならない。それによって彼女の処遇も変わる』

「処遇って……」

『お前の考えているような意味じゃないさ。マゴスを倒すための能力を持っているならここで大いに活躍してもらえばいいが、なんの能力もなかった場合は「来訪者」という貴重な存在を他国に渡さないために、王宮に生涯幽閉《ゆうへい》される恐れがある。だからもしもの場合は王宮から存在を隠してやらねばならん』

「そういうことか……」

セルディはホッと安堵《あんど》の息を吐く。「来訪者」にとって一番いい状況に置いてやりたいという、セルヴェスタンなりの親切心だったようだ。だが安堵《あんど》してもいられないことに、すぐに気づく。

「だからといって、いきなりマゴスとの実戦の場に放り込むのはどうかと思いますがね！」

『実戦に放り込むわけじゃない。砦《とりで》や、我々が戦っている敵がどんなものか見せるだけでいいんだ。たぶん、それでなんとかなる』

「なんとかなるって……」

『俺の勘だがな。その子はたぶん、俺たちにとって救世主になるだろう。そんな予感がするんだ。知っての通り、俺の勘は当たるぞ？』

セルヴェスタンは、ほんのり髭《ひげ》の生えかけた顎《あご》に指を置いて悦《えつ》に入《い》る。そんな上官に、セルディは呆れたような視線を向けた。

だが、セルヴェスタンの野生の勘が当たるのは確かで、そのおかげで砦《とりで》も騎竜隊も何度か救われているのだ。

はぁ、とセルディは大きなため息をついた。それは諦《あきら》めと服従の意を含んだ吐息だった。

「分かりましたよ。連れていきます。その代わり、後でエリアスルードに盛大に怒られてくださいね！」

『えっ、ちょっ……』

慌てたような声を最後にとっとと通信を切ると、セルディは透湖に向き直った。

「すまん、予定が変わった。総団長が君を連れて砦《とりで》に向かえと言っている」

「…………は？」

たっぷり五秒は経ってから彼女が反応した。

着ぐるみの中でポカーンと口を開けているであろうことが、容易に想像できるセルディだった。

第三章　着ぐるみ、無双する。

――前略。天国のお父さん、お母さん。透湖は今、空を飛んでおります。いえ、飛行機ではありません。竜に乗って空を駆けております。

「飛んでる……本当に飛んでるよ……ワイバーンが。しかも背中にただ座っているだけなのに振り落とされないなんて……ふふふ、あははは」

驚愕《きょうがく》やら興奮やら恐怖やらで、透湖の口からは奇妙な笑い声が零《こぼ》れた。

「おいおい、大丈夫か？」

透湖の前に立っているセルディが心配そうに振り返る。透湖はひぇっと縮み上がった。

「大丈夫！　大丈夫だから、前を見てぇ！」

よそ見していると振り落とされそうで、むちゃくちゃ心臓に悪いではないか！

もちろん振り落とされることはなく、前を向いたセルディは風に吹かれて気持ちよさそうに微笑んでいる。口笛でも吹きそうなほど余裕だ。だが、その手には手綱《たづな》も何も握られていない。

一体、誰が予想できただろうか。騎竜には手綱《たづな》はおろか、人間が掴まるところが皆無《かいむ》だなどと。

マゴスが襲来している砦《とりで》にはワイバーンに乗って行くと聞かされて、最初は無邪気に喜んだ。地球では空想上の生き物であるワイバーンに乗れるなんて、一生に一度あるかないかだろう。いや、普通は乗れることなんて一度もないのだから、貴重な体験ができると思ったのだ。

ところが、いざ乗せてもらう段になると、回れ右して逃げたくなった。中庭で翼を畳んで大人しく佇《たたず》むセルディの騎竜。細かい羽毛のようなものが生えているその背中には、何もなかったのだ。鐙《あぶみ》はおろか、掴《つか》まる場所も、命綱すらもない。

――これで空を飛ぶって？　冗談でしょう？　振り落とされる未来しか見えない……！

『やっぱり行くの辞退します……！』

『大丈夫だ。振り落とされやしないって。魔法が効いているからな』

着ぐるみの中で顔を引きつらせる透湖に、心配ないとセルディは笑った。けれど、目に見えない安全装置など、魔法に馴染《なじ》みがない透湖には信じられるはずもない。

あくびをしている騎竜の前で『大丈夫』『大丈夫じゃない』としばらく押し問答した挙句《あげく》、セルディが強硬手段に出た。透湖を騎竜の背中に放り投げ、さっさと自分も乗り込んだのだ。

乗り込んだといっても、ただ騎竜の背中の上に立っただけだ。騎竜と簡単な意思疎通ができる彼らには、手綱《たづな》も必要ないのだそうだ。

『大丈夫だ。なるべくゆっくり行くから。さぁ、いくぞ！』

セルディが宣言するや否《いな》や、彼の騎竜がバッと翼を広げる。空へ舞い上がろうというのだろう。

セルディの背中にしがみつきながら、透湖は振り落とされるのを覚悟した。

だが、セルディが言っていた通り、振り落とされることはない。衝撃もまったくなく、ふわりと上昇を始めた。

それは不思議な感覚だった。どんなに飛ぶのが上手な鳥でも、飛び立つ時には少なからず衝撃はあるだろう。飛行機だって機体が揺れて、乗っている人間には重力《G》がかかるものだ。ところが騎竜にはそれが一切なかった。ジェットコースターに乗った時のようなふわっと浮き上がる感覚もなく、気づいたら空に飛び立っていたのだ。

透湖は唖然とした。頬に風は当たるのに、身体はまったく揺れない。まるで平地にいるかのような感覚だ。

こんなのありえない！　と透湖の中の常識が叫ぶ間も、騎竜はぐんぐん上昇していく。

「だから大丈夫だって言っただろう？」

セルディは得意げに笑った。そんな彼は悠然と騎竜の背中に立っている。飛行する生き物の背中の上に、命綱さえない状態で立っている姿は、見ているだけで心臓に悪いのだが、彼曰《いわ》く「これが騎竜の正式な乗り方」なのだそうだ。

透湖は「そうですか……」と力なく答えるしかなかった。

しばらくして少しだけ慣れた透湖は、恐る恐る後ろを振り返る。眼下に見えるのはセノウの街だろうか。

上空から見るセノウは綺麗な円形をしていた。透湖の世界には隕石《いんせき》の落下跡であるクレーターにできた街があったが、どこかあの街を彷彿《ほうふつ》とさせる。

――テレビや雑誌で知って、いつか行ってみたいと思っていたけれど、こういう形で半《なか》ば実現するとは夢にも思わなかったわ。

視線を左右に巡らせると、高い山々が見えた。街にいる時はまるで気づかなかったが、セノウの街は山の中、それもそこそこ標高のある場所に作られているようだ。

「ここって山の中だったんだ……」

透湖の呟《つぶや》きを拾って、セルディが答える。

「ああ、セノウの街は最北に位置しているだけではなく、我が国でもっとも高い場所にある。普通こんな山の中にこれほどの規模の街は作らないものだが、セノウだけは別だ。物資や人をミゼルの砦《とりで》へ送るための補給基地を兼ねている」

「ミゼルの砦《とりで》……」

「そろそろ騎竜には慣れたようだな。砦《とりで》に向かうぞ」

彼の言葉に呼応するように、騎竜が大きく旋回し、山の奥へと進路を変えた。

ミゼルの砦《とりで》はセノウの街から十キロメートルほど山奥に位置している。距離的にはそれほど離れていないが、険《けわ》しい山の中を移動するとなるとかなり大変だ。

けれど、空を飛ぶことができれば関係ない。透湖とセルディを乗せた騎竜はあっという間に砦《とりで》の近くまでやってきた。

「あれだ。あれがミゼルの砦《とりで》だ」

セルディが前方を指さす。そちらに視線を向けた透湖は、目を大きく見開いた。高い山と山の間に横たわる深い谷間。その谷間をまたぐようにして城壁のようなものが建っている。

「あれが……砦《とりで》？」

透湖にとっての「砦《とりで》」は、海を見下ろせる高台に作られた要塞《ようさい》というイメージだ。だが「ミゼルの砦《とりで》」は、透湖の知る砦《とりで》とあまりにかけ離れていた。

むしろ透湖は別の似たような建造物を知っている。それはダムだ。日本にあったダムも、こんなふうに谷間や川を横断するように分厚《ぶあつ》い壁が作られていた。

けれど、ダムが川をせき止めて水源となる貯水池を作っているのに対し、ミゼルの砦《とりで》は何かをせき止めるために建てられたものではないようだ。壁の向こうに広がるのは湖ではなく、延々と続く緑。

ミゼルの砦《とりで》を境《さかい》に山脈は途絶え、その先は見渡す限りの木々で覆《おお》われていた。

「もしかして、森……？　山脈の向こうは森が広がっているの？」

「そうだ。この大陸の北部には広大な森が広がっている。北の森とか魔の森とか呼ばれているが、正式な名称はない。あの森だけは、どの国の領地でもないからな。ファンデロー国の領土はミゼルの砦《とりで》までだ」

なるほどと透湖は納得する。だから砦《とりで》を守っているのが「国境警備団」なのか。

「そしてマゴスはあの森から飛来してくる。マゴスを砦《とりで》で食い止めるのが我々の使命だ」

騎竜が大きく旋回しながら高度を下げる。そこで透湖は砦《とりで》の外側の空に何かが浮いていることに気づいた。

「な、なにあれ?」

灰色に緑を混ぜたような色をした、不思議な生き物が浮いていた。長い尻尾《しっぽ》と、がっしりとした後ろ脚。鋭い爪を持った短い前脚に、ギョロッとした赤い目。岩のようなゴツゴツした皮膚に全身を覆《おお》われた、まるで恐竜のようなフォルム。

「あれがマゴスだ。古いミゼル語で『招かざる者』を意味するマ・ゴスという言葉から名づけられた魔法生物だよ」

「いや、どう見ても怪獣なんだけど⁉」

そう。空に浮いているのは、透湖が被っている着ぐるみの元になったであろう、有名な怪獣を彷《ほう》彿《ふつ》とさせる生き物だったのだ。竜《ドラゴン》でもない。恐竜でもない。まぎれもなく怪獣だ。

ただし、透湖が知る怪獣とは違う部分もあった。胸のあたりに虹色に輝く石のようなものがくっついているのだ。それさえなければ、日本人なら誰もが「ゴ」から始まる単語を口にしてしまいそうな馴染《なじ》みのある姿だった。

ただし、海から陸に上がってビルをなぎ倒していた映画の中の怪獣と違い、ここの怪獣《マゴス》は空に浮いているのでなんとも違和感がある。

「意外に大きい……ううん、小さいの？」

透湖のいる場所からだと距離があるので、実際の大きさは不明だが、マゴスの周囲を飛び交っている騎竜との対比からして、全長数十メートルほどだろう。

十分大きいのだが、映画の怪獣のことを思うと、小さいという感想が漏れてしまうのだから、なんともややこしい。

「総団長は五体と言っていたが、四体しか姿が見えないってことは、すでに一体仕留めたのか。……いや、これだけの時間が経っても一体しか仕留められていないとは」

セルディはチッと舌打ちをする。

確かに空に浮いている怪獣は四体だ。それに対して騎竜は五倍近くはいるだろう。数だけで考えれば優勢と言えるけれど、セルディの言う通り騎竜隊が出動してからそれなりに時間が経ったことを考えると、「まだ一体しか倒せていない」のかもしれない。

セルディの騎竜に気づいたのか、マゴスを包囲していた騎竜のうちの一頭が近づいてくる。よくよく見れば、その背にいるのはエリアスルードだ。彼はセルディの騎竜に近づくと、やや咎《とが》めるような口調で言った。

「セルディ、ようやく来たのか」

「悪い。苦戦しているようだな」

「ああ、かなり魔力の高い個体ばかりでな」

そこまで言ってから、ようやくセルディの後ろに座り込んでいる透湖の姿に気づいたらしい。

ぎょっと目を剝《む》いたエリアスルードは、一拍置いてセルディを睨《にら》みつける。

「セルディ！　女性を危険な戦場に連れてくるなんて、どういうつもりだ！」

「いや、俺も嫌だったんだが、総団長が連れていけって言ったんだよ！」

セルディは慌てて釈明する。

「総団長が？」

「『来訪者』ならマゴスのことを知らなければならない。ならば実物を目にしてもらうのが一番手っ取り早いだろうってね」

もちろん、それ以外にも透湖の能力を見極めるという理由があったのだが、本人の前で言うわけにはいかないので、そこは伏せておいた。もっとも、当の透湖はエリアスルードに見とれていて、ほとんど耳に入っていなかったのだが。

――やだ。怒った顔もイケメンとか眼福《がんぷく》すぎる……！

着ぐるみに覆《おお》われていて相手からは見えないのをいいことに、透湖は彼の全身を舐めるように見つめていた。

よく見れば、エリアスルードは腰に提げている剣とは違う、もっと幅広で大きな剣を手にしている。王子様然とした顔とは対照的なゴツい武器だが、不思議と彼には似合っているように見えた。

――あの剣を扱えるってことは、そうとう筋肉も発達していると見た。たぶん、脱いだらすごい細マッチョってやつね！

まさかそんなふうに見られているとは夢にも思っていないエリアスルードは、軽いため息をつく。彼はセルディの言葉から総団長の意図をおおよそ悟っていた。

「あの人らしいやり方だな。だが連れてきてしまったものは仕方ない。セルディ、彼女を頼んだぞ。砦《とりで》の内側から出ないようにしてくれ。なるべく早く決着をつけてくる」

「分かった。お前も気をつけろ」

「ああ」

エリアスルードはセルディに頷《うなず》いてみせると、騎竜を操《あやつ》って砦《とりで》の外――つまり森側にいるマゴスへと向かっていく。その手に握られているのは先ほどと同じ、彼の背丈ほどもある大剣だ。それを両手で構えてマゴスに接近していく。

それに気づいたマゴスは咆哮《ほうこう》しようとするが、騎竜に乗った他の兵士がそれを阻止すべく、マゴスの目をめがけて攻撃する。その隙にマゴスに肉薄《にくはく》したエリアスルードは、騎竜の背中から飛び降りながら大剣を振り下ろした。

落下の勢いを利用した鋭い一撃が、マゴスの右前脚を切り裂く。

「やった！」

透湖は喜びの声をあげたが、セルディは首を横に振った。

「いや、あれくらいじゃ駄目だ。マゴスは倒せない。致命傷を与えないと」

その言葉通り、右前脚を失いながらもマゴスはぴんぴんしている。エリアスルードはマゴスの右後ろ脚を蹴って空中に躍《おど》り出ると、待機していた騎竜の上にスタッと降り立った。そして間を置かず再びマゴスに攻撃を加えていく。

エリアスルードが剣を振るうたびに、マゴスの身体は確実に傷ついていった。

——何あれ。むちゃくちゃカッコいい……！

王子様のような外見とは裏腹に、エリアスルードはその場にいる誰よりも強かった。だが、彼の強さをもってしてもマゴスを倒すのは容易ではないようだ。

ハラハラしながら騎竜の上で様子を見守っていた透湖は、ふとあることに気づいた。

「セルディさん、この世界って魔法があるんですよね？　どうして魔法を使って攻撃しないんですか？」

エリアスルードも他の兵士も、みんな剣や槍《やり》などで攻撃していて、魔法を使っている様子はない。危険を冒《おか》してマゴスに接近するよりも、魔法を使って攻撃した方が合理的なのではないだろうか？

「ここには魔法を使える人がいないとか？」

セルディは首を横に振った。

「いや、騎竜隊は全員ある程度の魔法が使える。もちろんエリアスルードもだ。やつの攻撃魔法は王宮付き魔法使いにも引けを取らないだろう。だが、マゴス相手に魔法を使っても意味がないんだ。あいつらに魔法は効かないからな」

「魔法が、効かない？」

「そうだ。あいつらも魔力を持っているせいか、ほとんど効きやしねえ。まったく通じないわけじゃないが、攻撃が届く前に相殺《そうさい》されてしまう。そんなわけで、無駄に魔力を費《つい》やすだけだから、マゴス相手に攻撃魔法を使うことはないんだ。物理攻撃が基本さ」

「ああ、だからああして剣や槍《やり》を使っているんですね」

「普通の武器なら、あの強靭《きょうじん》なマゴスの皮膚には傷一つつけられないだろう。だが魔法で強化すれば話は別だ。俺たちは全員、自分の武器を魔法で強化している。強度を上げ、威力を何倍にも増やした武器でマゴスの力を削《そ》いでいくんだ。砦《とりで》に設置された武器も魔法石という特殊な石をはめ込んで、強化させて使っている」

砦《とりで》の上をよく見れば、大砲や巨大な弓――いわゆるバリスタが等間隔に設置されていて、空中のマゴスに向かって兵士の人たちが攻撃を仕掛けていた。外れることも多いが、当たればかなりのダメージを与えることができるという。

「何か超強力な物理攻撃で一発退場させる、というわけにはいかないんですか？」

「そんな強力な武器があればいいが、大砲が関の山と言ったところだな」

「そうですよね……」

この時、透湖が思い浮かべていたのは、戦闘機から発射されるミサイルや核爆弾だった。怪獣映画では定番の火力攻撃なので、あれがこの世界にもあればと思ったのだ。

そこから転じて、ヒーローショーで着ぐるみ……いや、宇宙怪獣スペースGが繰り出していたものを思い出す。目から出すビームや口から吐く炎といった攻撃が脳裏に蘇《よみがえ》った。

――あれも演出とはいえ街がボロボロになっていたから、かなり高火力の物理攻撃なんだろうなぁ……

後から思うに、この時考えていたことがきっかけで、着ぐるみのチート力を目覚めさせるに至ったのだろう。「透湖が考えうる高火力の物理攻撃」として。

透湖とともに騎竜の上で戦況を眺めていたセルディが物思わしげに呟《つぶや》く。

「エリアスルードが攻撃しているマゴスは、もうすぐ倒すことができるだろう。問題は他の個体だ。思っていた以上に強くて、致命傷どころかなかなか力も削《そ》げないでいる」

確かにエリアスルードが攻撃している一番大きなマゴスは、あちこち傷ついていて、かなりボロボロになっている。けれど他の三体は、騎竜隊が何度も攻撃しているにもかかわらず、まだぴんぴんしていた。

「あっ……！」

そのうちの一体が、目の前を横切った騎竜を、前脚の爪で引っかけて捕まえるのが見えた。周囲の騎竜隊が慌てて助けようとするも、マゴスは予想外の行動に出る。なんと捕まえた騎竜と乗っている兵士を砦《とりで》に向かって投げつけたのだ。

「きゃあ！」

透湖の悲鳴とともにドンッと派手な音が響き渡った。叩きつけられた騎竜は砲台やバリスタ、そこにいた兵士たちをも巻き込んでしまったのだ。衝撃で城壁の一部が崩れ、騎竜も人も瓦礫《がれき》の下敷きになっている。

「酷《ひど》い……」

「いや、叩きつけられる直前、乗っていた兵士がとっさに防御の魔法を展開していた。瓦礫《がれき》に埋もれているが、衝撃は防げただろう。命に別状はないはず……だが気を失っている。このままではマズイ！」

セルディの騎竜がいきなり急降下を始める。魔法が効いているので透湖が振り落とされることはなかったが、乱暴な操縦と妙に焦っている様子のセルディに驚く。

「命に別状はないのでしょう？」

「ああ。だが、あいつが気を失っているせいで、あそこにいる誰も防御ができない。このままだと取り込まれるぞ……！」

——取り込まれるって、何に？

その疑問が透湖の口から零《こぼ》れることはなかった。セルディの騎竜が城壁に到達するよりも早く、騎竜を叩きつけたマゴスの胸の石が虹色の光を発したからだ。

「くそっ、遅かったか……！」

盛大に舌打ちをするセルディの言葉が終わるか終わらないかのうちに、瓦礫《がれき》の中から同じ虹色に輝く球体のようなものが現れた。その球体の中にいるのは、目を閉じてぐったりした様子のローブ姿の男性だ。

続いてもう一つの球体が瓦礫《がれき》の中から現れる。今度は兵士の姿をした男性が中にいた。こちらも目を閉じていて、生きているのか死んでいるのか分からない。

二つの球体はそのままゆっくりと浮上していく。それが向かう先は、マゴスの胸に輝く虹色の石だ。

——取り込まれるって、まさか……？

セルディが言っていたことの意味を悟って、透湖はぶるっと震えた。

「取り込まれるって……もしかして、マゴスのあの石みたいなところに……？」

苦々しい顔になったセルディが吐き捨てる。

「ああ、そうだ。マゴスは魔力を持つ人間を補捉《ほそく》して、生きたままあの石の中に取り込んでしまうんだ。一度ああして捕まってしまったら、本人が意識を取り戻して内側から球体を破るか、もしくは別の人間がマゴス本体を叩く以外に助ける方法はない」

球体に閉じ込められた二人は意識がないようだ。なんとか彼らを救おうと騎竜隊がマゴスの身体を必死に斬りつけているが、倒すまでには至らない。

やがて攻撃も空《むな》しく、二つの球体はマゴスの胸の石に取り込まれていった。

「と、取り込まれたらどうなるの？」

「取り込まれた時点で死んだも同然だ。たとえ今すぐあのマゴスを倒したとしても、取り込まれた二人は還《かえ》らない。マゴス同様、遺体すら残すことなく消え失せる」

「そんな……」

——死んだ？　二度と帰らない？　遺体も戻ってこないというの？

——そんなの知らない。そんな怪獣、私の記憶の中にはないもの。

いや、もしかしたら似たような怪獣はいるのかもしれないが、少なくとも透湖の知る怪獣にそんな能力はない。

そこで透湖は唐突に理解する。

——ああ、だからマゴスなんだ。

着ぐるみの自動翻訳機能は、おそらく相手の知識の中から同じものか、似たものを選んで翻訳する仕組みになっていると思われる。

たとえば透湖が「リンゴ」と言った場合は、こちらの世界でリンゴとよく似た果物の名前に変換されるはずだ。反対にリンゴによく似た果物の名前をこちらの世界の人が口に出せば、透湖の耳には「リンゴ」と聞こえるだろう。ワイバーンがいい例だ。

ただし、当てはめられるものが存在しない場合は、翻訳されることなくそのまま聞こえる。セルディが透湖の出身地を聞こえるまま書き取っていたのはそのためだ。こちらには日本という国も桜町も存在しないのだから、当然訳せるはずもない。

そしてマゴスは「マ・ゴス（招かざるモノ）」と、こちらで呼ばれている名前のままで透湖の耳に聞こえた。あれだけ外見が似ているのだから、ゴで始まる怪獣の名前に訳されてもおかしくなかったのに。

きっとそれはマゴスが透湖の知る怪獣とは、生き物としてのありようがあまりにもかけ離れていたからだろう。

――マゴスって一体なんなの？　あれだけ傷つけられても血すら流していないし、倒したところで遺体も残らないなんて。

騎竜の上で呆然と座り込んでいると、瓦礫《がれき》の中から虹色の球体が現れるのが透湖の目に映った。中にいるのは一頭の騎竜と、セルディやエリアスルードと似た服を身に着けた男性だ。

今度は彼らを取り込むつもりなのだろう。

「くそっ、ケイン！　目を覚ませ！」

セルディが同僚らしき彼に必死に呼びかけているが、騎竜ともども球体の中で目を閉じてピクリとも動かなかった。

ようやく一番大きなマゴスを消滅させたらしいエリアスルードが、仲間とともに急いで駆けつけようとしている。けれど、彼がどう頑張っても助けることは不可能だった。

「ケイン！　目を覚ませ、覚ましてくれ……！」

二体目のマゴスに剣を振るいながら、悲痛な、どこか祈るような声でエリアスルードが叫ぶ。その声は透湖の胸を抉《えぐ》った。

今にも取り込まれようとしているあの人は、彼らにとってかけがえのない仲間なのだろう。

『お父さん、お母さん、お願い、目を開けて！』

二年前の自分の叫びと重なってしまい、胸が痛くなる。

両親は透湖の願いも空《むな》しく、二度と目を開けることがなかったのだ。でもあの人は違う。まだ生きている。助かる余地があるのだ。

――助けたい。できることなら、あの人と騎竜を助けたい。

透湖はぎゅっと唇を噛みしめて祈る。

――ああ、神様。もし私が今日この世界に落ちてきたことに何か意味があるのなら、今こそあの人を救う力をください。

「……そう、チート力を！」

熱心に祈るあまり、思いっきり口に出していることに透湖は気づいていなかった。

ぎょっとしたようにセルディが振り返る。それにも気づかず、マゴスを凝視《ぎょうし》しながら透湖は祈る。

――そうよ。着ぐるみを被っただけで言葉を自動翻訳してくれる機能があるなら、もっとすごい力だって発揮できるはず。

一撃でマゴスを倒せるような高火力の技を。

背後のスクリーンがペカッと光って、目から発射されたビームが街を破壊していく映像が脳裏を流れる。

「そうよ。この際、宇宙怪獣スペースGの技でもいいわ！　目からビームが出るとかね！」

やけくそで叫んだ瞬間、頭の中でカチッと何かのスイッチが入った。

【高出力戦闘モード：Ｅｎａｂｌｅ（有効）】

――次の瞬間、目の前が突然白く光った。

「……え？」

視界が真っ白に染まり、何も見えなくなる。けれど、すぐに光は消え、代わりに見えたのは二筋《ふたすじ》の光がマゴスの胸を……あの虹色に光る石を貫《つらぬ》いている光景だった。

光の筋に貫《つらぬ》かれたマゴスは、瞬《また》く間に消滅した。それと同時に光の筋もすっと消える。

「……は？」

何が起こったのか分からず誰もが動きを止めた。あれだけたくさんの騎竜たちが攻撃し続けてもなかなか致命傷を与えられなかったマゴスが、たった一撃で消滅したなど、誰が信じられようか。

けれど、現にマゴスは消滅した。謎の攻撃によって。

衝撃からなんとか立ち直ったエリアスルードが、ぎこちない動作で風の魔法を使い、マゴスの拘束から逃れた部下とその騎竜を掬《すく》い上げる。マゴスの消滅とともに虹色の球体もなくなり、引力を失った彼らは谷底へ落下しかけていたからだ。

部下と騎竜を砦《とりで》の城壁の上にそっと横たえると、エリアスルードは光の筋が放たれた方角を見つめる。

そこには一頭の騎竜が佇《たたず》んでいた。セルディの騎竜だが、今の攻撃は彼によるものではなかった。だとすれば、あとは考えるまでもない。

「『来訪者』？」

エリアスルードが呆然と呟《つぶや》いた。

「お、おい、お前……」

セルディが顔を引きつらせながら、透湖を見つめる。だが、びっくりしているのは当の透湖も同じだ。

――今、なんか目が光ってビームみたいなのが出てなかった？　そのビームがマゴスを貫《つらぬ》いて、そして消滅させたような……？

「その被り物の目から何か飛び出していたような気がするんだが、今のは一体……」

「私に聞かれても、何がなんだか……」

呆然としながらも、透湖には確信があった。あのビームは宇宙怪獣スペースGの技だ。舞台で後ろのスクリーンにＣＧが流れているのを見ただけだったが、間違いない。

――もしかして、私の祈りが通じた？

透湖は確かめるために、まだ残っている二体のマゴスのうちの一体をじっと見つめる。それからおずおずと言葉を発した。

「ええっと、目からビーム……？」

語尾がつい疑問形になってしまったのは、これだけでさっきのを再現できるのかと不安に駆られたからだ。

だが、口にしたとたんにまた目の前が光った。次の瞬間、着ぐるみの両目から光の筋がマゴスに向かって放たれる。それは今度も正確にマゴスの胸を貫《つらぬ》いた。

「キェエアー――！」

甲高《かんだか》い咆哮《ほうこう》をあげながらマゴスが消滅していく。

――す、すごい、すごい……！　この着ぐるみは間違いなくチートだわ！

そして目からビームを出せるということは、もう一つの攻撃だって可能であるに違いない。

「セルディさん！　残ったマゴスの近くに騎竜を寄せてください！」

透湖は立ち上がり、セルディに詰め寄った。

「は？」

「ここからだと兵士のみなさんを巻き込んでしまうかもしれないので、できるだけ近づいてください。そして、騎竜たちに下がるように言ってください！」

なぜか透湖には確信があった。その攻撃が可能だと。

「セルディ、『来訪者』の言う通りにしてくれ」

エリアスルードの声がした。自分の騎竜を透湖たちの乗る騎竜に寄せながら、彼はもう一度セルディに言う。

「何か考えがあるのだろう。今は彼女の言う通りにしてくれ。……『来訪者』よ。騎竜隊を下がらせればいいんだな？」

「はい。お願いします」

そう答えてから透湖は、もう一言付け加える。よく考えてみれば、彼の名前を教えてもらっておきながら、自分からは名乗っていなかったなぁ……と思いつつ。

「それと、私の名前は透湖です。トウコ・カジワラといいます」

突然の自己紹介にエリアスルードは目を見張った。だが、すぐに頬を緩《ゆる》ませる。

「透湖だな。分かった。透湖、俺の部下を助けてくれてありがとう。仲間として、また上司として、あなたに心からのお礼を申し上げる」

「いえ、そんな。お礼なんて……」

着ぐるみの中で頬を染めながら、透湖はもじもじする。

——こんな美形に名前呼んでもらっちゃった。しかも笑顔付きで！

小躍《こおど》りでもしたいところだが、今はそういう時ではない。

エリアスルードに騎竜隊を下がらせてもらい、残り一体になったマゴスと相対する。マゴスは騎竜隊の攻撃がなくなったとたん、砦《とりで》の方に向かって移動し始めた。その前に立ちふさがるのはセルディの操《あやつ》る騎竜と、その背に立つ着ぐるみ姿の透湖だ。

透湖は目の前のマゴスをしげしげと見つめる。

大きさは違えども、今の自分とよく似た造形。だがたぶん、天と地ほども異なっているであろう存在。

すぅっと大きく息を吸い、透湖は朗々《ろうろう》とした声で叫んだ。

「宇宙怪獣必殺技その二、口から炎！」

次の瞬間、着ぐるみの鼻先に火の玉が現れる。その火の玉から炎がまるで生き物のように飛び出し、燃えさかる鞭《むち》となってマゴスに襲いかかった。

炎は瞬《またた》く間にマゴスの全身を覆《おお》い尽くし、その肌を焼いていく。

通常、いくら炎の魔法を使って攻撃しようが、簡単に遮《さえぎ》られて無効化されてしまうのだが、透湖が放つ炎は魔法とはまったく異なるようで、マゴスが必死に抵抗しても消えることはなかった。

「ギャアアア！」

断末魔《だんまつま》の声をあげて、マゴスは炎の中で消滅した。同時に、炎もまた最初からなかったかのように消え失せてしまう。

「やった！」

「おおお、あのマゴスを一撃で！」

城壁の上で、兵士たちが拳《こぶし》を振り上げながら雄たけびをあげる。騎竜隊の兵士たちも同様だ。城壁の上空で騎竜とともに待機しながら見守っていた彼らは、武器を手にした腕を一斉に上げて歓声を沸かせた。

「まさか、あのマゴスをあっさり倒すとは」

「奇妙な被り物をしている珍妙な『来訪者』だと思っていたが、なかなかやるじゃないか」

マゴスが一撃で倒されるのを見るのはこれで三度目なので、彼らにも感嘆《かんたん》する余裕があった。

当の透湖も「やったー！」と騎竜の上で万歳しながらぴょんぴょん飛び跳ねる。

——目からビームが出るのなら、口から炎だって出ると思ったわ！

なぜなら、それがヒーローショーにおける宇宙怪獣スペースGの必殺技だったからだ。やはり、この着ぐるみはモデルになったと思《おぼ》しき某有名怪獣ではなく、スペースGの設定を引きずっているらしい。

——どうなることかと思ったけれど、この着ぐるみがあればどうにかなりそうじゃない？ 国境警備団に恩を売れば生活の方も問題なさそう。チート万歳！

飛び跳ねる透湖を見守りながら、セルディはエリアスルードと素早く視線を交わした。どうやら事態は総団長の思惑通りに進んでいるようだ。

「あの人の勘とやらもバカにできないな……」

呟《つぶや》くセルディの声は透湖の耳には届かなかったが、遠見《とおみ》の魔法で砦《とりで》の様子をつぶさに観察していた人物の耳にはしっかり聞こえていた。

＊　＊　＊

「ハッ。だから言っただろうが、俺の勘は当たるって」

セルヴェスタン・ロードは執務室の大きな椅子に背中を預けながら、にんまり笑った。

「あれだけ手こずりながらも、犠牲者はたった二人。上出来だ」

ひとたびマゴスが砦《とりで》を襲ってくれば、討伐あるいは撃退するのは容易ではない。いつもなら軽く両手の指を超える犠牲者が出ていたことを思えば、かなりの成果だ。

彼女がいれば今度のマゴスの繁殖期をやりすごすことができるだろう。

「さて、こうしちゃいられない。準備をしねえとな」

椅子から立ち上がり、執務室を出たセルヴェスタンが向かったのは、総本部の敷地内にある彼の屋敷だった。

「おおい、マリア、ミリヤム！　朗報だ！」

玄関に入りながら最愛の妻と自慢の娘の名を大声で呼ぶ。しばらくして、金髪の美しい母娘が姿を現した。

「まぁ、あなた、一体どうしたと言うのです？　まだお仕事中では？」

「朗報ってなんなの？　お父様」

中年に差しかかった年齢でありながら若々しく美しいマリアと、その妻の美貌をそっくりそのまま受け継いだ今年十八歳になるミリヤムは、セルヴェスタンの自慢だ。

「喜んでくれ。家族が増えるぞ！　とある事情で十三歳くらいの女の子の後見人を務めることになったんだ。今日からここに一緒に住んでもらう」

「あらまぁ、今日からですか？　すぐに部屋を用意しないといけませんね」

マリアはおっとりと言って微笑んだ。夫の突然の宣言に普通は驚いたり、うろたえたり、相談もなく決められたことに怒ったりするだろうが、彼の家族は良くも悪くも変わっていて、一切そういうことがなかった。

「ミリヤム、お前は妹が欲しいと言っていたな。念願の妹ができるぞ！」

ミリヤムは顔を輝かせる。

「本当？　お父様。ようやく一緒に着飾ったり、夜眠る前にちょっとした女同士のおしゃべりができるのね！」

「ああ、彼女はこの国に家族も親戚もいないんだ。心細い思いをしているだろうから、お前が面倒見てやるといい」

新市街にいた透湖が被り物を取った姿を、ちゃっかり遠見《とおみ》の術で見ていたセルヴェスタンは、彼女の年齢をすっかり誤解していた。

本当はミリヤムより年上で「姉」になるのだが、そんなことは夢にも思っていないセルヴェスタンだった。

第四章　招かざるモノ

マゴスは六百年前、突如現れて人間に襲いかかってきたとエリアスルードは語る。

「当時、魔の森や北部の山岳地帯を含む一帯は、ミゼルという国の領地だった。ミゼルは山岳地帯から採れる貴重な魔法石のおかげで、非常に豊かで強大な国だった。魔法の研究にも熱心で、魔法大国とも呼ばれていたんだ。けれど、そんなミゼルも突然現れた未知の魔獣――つまりマゴスの出現から一年も経たずに滅んでしまった。今ではミゼルの名はあの砦《とりで》に残っているのみだ」

「突然現れた未知の魔獣ってことは、マゴスはそれまでは存在しなかったってことですか？」

透湖が後ろを振り返って尋ねると、エリアスルードは頷《うなず》いた。

「そうだ。少なくとも六百年前にミゼルを襲うまで、その存在が確認されたことはなかった。ミゼルはその未知なる魔獣を『招かざるモノ《マゴス》』と名づけた」

「招かざるモノ……」

マゴスを討伐した透湖たちは再び騎竜に乗ってセノウに向かっていた。

だが、今回透湖はセルディの騎竜ではなくエリアスルードの騎竜に乗せてもらっている。理由は単純だ。ミゼルの砦《とりで》で負傷した騎竜隊の兵士と砦《とりで》の兵士をセルディの騎竜に乗せているからである。

怪我をした騎竜はロープで作られた頑丈な網に包まれ、何頭もの騎竜によって運ばれている。一頭でもバランスを崩せば網から落ちてしまいそうで、最初は見ていてハラハラした。だが、一糸《いっし》乱れぬ隊列を組んで飛行している様子は見事としか言いようがない。

その隊列を見守るように最後尾を飛ぶのがエリアスルードの騎竜だった。そこから前方を見つめる透湖は感心することしきりだ。

あれほど訓練されている騎竜が人間を振り落とすことはないだろうと、透湖も安心して背中の上に立っている。そのすぐ後ろにはキラキラ美形のエリアスルードがいた。

——騎竜の背中に二人乗り、っていうシチュエーションで最初はドキドキしたけど……

怪獣の着ぐるみ姿の自分とエリアスルードがどう見えるのかを客観的に想像したら、あまり萌えなかった。どう考えても何かの冗談か、もしくはマゴスの幼体を連行するエリアスルード、という図にしか見えないだろう。

——せめて、着ぐるみ姿じゃなければ……！

けれど、着ぐるみがないと言葉が通じないのだから、どうしようもなかった。

「もともと魔の森には魔獣——魔力を持つ獣が住んでいて、人間は近づかない場所だった。魔獣は普通の獣よりはるかに強く、魔法でしか倒せないからな。ミゼルであれほど魔法が発展したのは魔法石が採掘できるからというだけじゃない。魔の森から襲いかかってくる魔獣から人間を守るためでもあった。でも、マゴスを相手にするには魔法が発展していたことが仇《あだ》となった」

マゴスは魔法では倒せない。物理的な武器を使って倒すか、撃退するかのどちらかだ。魔法だけに頼り、軍が弱体化していたミゼル国は、マゴスという未知の相手にどうすることもできなかった。

結果、一年ももたずに国は滅びて、大勢のミゼル国民が国境を接する国々に逃げ込んだ。

「ファンデロー国も当時、ミゼル国の南東部と国境を接していた。押し寄せる難民で、当時はかなり混乱したらしい。何よりも、ミゼルを蹂躙《じゅうりん》し尽くしたマゴスはファンデロー国にまで魔の手を伸ばし始めていた。それを救ったのが、当時の『来訪者』だ」

思いもかけない言葉に、透湖はびっくりして聞き返す。

「『来訪者』って……確か異世界から来た人のことですよね？」

「ああ。マゴスが魔の森に現れるようになったのと同時期、ファンデロー国の王都に一人の見知らぬ異邦人が現れた。まだ若かったその男は……兵士として訓練したわけでもないのに、魔法も剣も恐ろしく強かったそうだ。この世界にはない強大な力を持っていて、剣を片手に次々とマゴスを討伐していったという。武器を魔法で強化すれば倒せることを証明したのも、魔獣である翼竜《よくりゅう》を懐《なつ》かせ、騎竜にして空から攻撃することを考えついたのも、その『来訪者』だと言われている」

そのエリアスルードの言葉に、透湖は着ぐるみの中で唸《うな》った。

――うーん、それってチートくさくない？　異世界トリップ者特有のチートっぽい匂いがプンプンするぞ！

「『来訪者』の活躍で、この国はマゴスに滅ぼされずにすんだ。マゴスの侵攻があった一年半の間、大陸の北部を中心に何か国も滅ぼされているのに、この国が無事だったのは『来訪者』のおかげだ。それ以降もマゴスの繁殖期になると『来訪者』が現れて力になってくれた。だから、この時期の『来訪者』は我々にとっては僥倖《ぎょうこう》なんだ」

「な、なるほど。どうりで砦《とりで》の兵士や騎竜隊の人たちも、私のことをすんなり受け入れてくれたわけだわ」

もちろん最初はマゴスの幼体そっくりな透湖に驚いていたし、着ぐるみを胡散《うさん》くさそうに見てもいたが、エリアスルードとセルディが透湖を「来訪者」だと紹介したとたん、妙に納得していたのだ。

過去にもチート力を発揮していた異世界トリッパーがいたというなら頷《うなず》ける。……もっとも、その「来訪者」たちはこんな着ぐるみ姿ではなかっただろうが。

透湖の言葉にエリアスルードはふっと口元を緩《ゆる》めた。

「最初は確かにその外見にびっくりするだろうが……君のあの力を見れば疑う理由はない。『来訪者』には不思議な力が備わっていると言われているから、マゴスが繁殖期を迎えた今、君の存在はむしろ励みになるだろう」

「そう言ってもらえると助かります」

他の世界からやってきた人間がいたら、普通は迫害されたり、牢屋に入れられたりしてもおかしくない。

――その過去の「来訪者」たちに感謝しないといけないわね。その人たちが活躍してくれたからこそ、迫害されずにすむんだから。

その時、ふっと頭の中にこんな思いが浮かんだ。

――でも、「来訪者」だってマゴスと同じように「招かざる者」じゃない？

たまたま役に立ったから受け入れられただけ。もしそうじゃなかったら……「来訪者」だって一歩間違えれば「招かざる者《マゴス》」と呼ばれていたかもしれない。

そんなふうになっていたら、今頃透湖はどういう扱いをされていたのだろうか？

言い知れぬ不安が押し寄せる。けれど、透湖はその不安に蓋《ふた》をした。

――考え出したらキリがないもの。今はただその幸運に感謝するだけだわ。

頭を振って気持ちを切り替えた透湖は、「来訪者」の話題が出たついでに一番気になっていたことを尋ねる。

「ところで、過去の『来訪者』たちはその後どうなったんですか？　元の世界に戻れる……んですよね？　方法はあるんですよね？」

異世界だとはっきり分かってからも怒涛《どとう》の展開が続いていたので、つい今まで聞きそびれていたが、一番重要なのは元の世界へ帰れるのかという問題だ。

小説によくある、魔法で召喚されたパターンなら帰れる可能性はあるだろう。けれど、透湖のような偶然迷い込んだパターンだと、来た原因が分からないから帰る方法も不明という場合が多い。

だからある程度覚悟して尋ねた透湖だったが、彼女の質問を聞いたとたん、エリアスルードの表情が曇る。その顔を見て、胃のあたりがスッと冷たくなるのを感じた。

「この国で最初に確認された『来訪者』は、マゴスの繁殖期が終わって襲来してこなくなった後、当時の王女と結婚して、生涯をこの国で過ごしたと聞いている。他の国に現れた『来訪者』たちの中には、突然姿が見えなくなった者もいたそうだが、元の世界に帰れたのかどうかは不明だ」

「そ、そうですか。そうですよね、分かるわけないですよね……ハハ」

透湖は乾いた笑い声を漏らす。

——……覚悟してはいたけど、分からないと言われるとさすがにこたえるわね。

「あ、いや、だが、帰れないと決まったわけではない！」

慌ててエリアスルードが付け加える。

「『来訪者』については一般に知られていないことも多い。特に他国に現れた過去の『来訪者』の情報など、ほとんど入ってこないのが実情だ。だから俺が知らないだけとも考えられる。少し時間をくれ。俺の幼馴染《おさななじみ》が王宮付きの魔法使いをやっている。彼の研究テーマの一つが確か『来訪者』だったはずだ。彼に聞けば何か分かるかもしれない」

まじまじとエリアスルードを見つめて、透湖はふと胸が温かくなるのを感じた。

——顔がいいだけじゃない。すごくいい人だわ、この人。

出会ったばかりの、それも得体の知れない透湖をここまで気遣ってくれるなんて。

「……はい。よろしくお願いします」

透湖は深々と頭を下げた。少ししんみりした気分を切り替えるために、わざと明るく尋ねる。

「そういえば、さっきからちらほら話に出てくるマゴスの繁殖期っていうのは、一体なんなんですか？」

「あ、ああ。マゴスは森から出てきて人間の街を襲うが、常にというわけじゃない。周期があって、約五十年ごとと決まっている。だからこそ我々も諦《あきら》めずに戦えるんだ。永遠に続くわけではないから」

「五十年に一度、襲いかかってくるってことですか？」

「そうだ。襲来は一年半から二年ほど続く。けれど、ある日突然ぴたりと来なくなり、その後はしばらく平穏なままだ。ところが五十年ほど経つと、やつらはまた集団で襲いかかってくるというわけだ」

「五十年は襲ってこないし、姿も見せないってことですか？」

「いや、まったく見かけなくなるわけじゃない。数年に一度は目撃情報が寄せられるし、遭遇した人間を襲うこともあるようだ。だが、今のように集団で襲いかかってくることはない。たいてい単体で現れるんだ」

「ふむふむ」

頷《うなず》きながら、透湖は頭の中でマゴスの情報を整理する。

・約五十年という周期で襲いかかってくる。
・人間を襲い、胸の石に取り込んでしまう。
・襲来は一年半から二年ほど続き、その後はしばらく襲ってこなくなる。
・襲来期が終わると、その後も姿は確認できるものの、ほとんど出てこなくなる。
・襲来期はマゴスの繁殖期でもあるらしい。

最後の項目について確認するべく、透湖は改めて尋ねた。

「襲いかかってくるのはマゴスが繁殖期だからですか？」

「確定しているわけではない。マゴスは倒してしまうと遺体が残らないので、生態がはっきりしていないんだ。ただ、襲ってくるマゴスの胸には虹色の石があり、その石の中に幼体の姿が確認されている」

「胸の石の中に幼体が？」

マゴスの幼体と聞いて、つい己《おのれ》の姿を見下ろしてしまう透湖だった。

「ああ、俺も実際に見たことがある。全部の個体の石に必ず幼体がいるわけではないが、たまにそういう個体が交じっている」

「石の中に幼体がいるってことは……あの虹色の石は卵みたいなもの？　あ、もしかしてマゴスが人間を襲ってあの石に取り込んでいるのは、まさか……」

恐ろしい理由に思い当たって透湖は身震いする。エリアスルードは苦々しい表情になって頷《うなず》いた。

「そのまさかだ。マゴスは幼体に栄養を与えるために人間を襲っている。だが無差別に人間を取り込んでいるわけじゃない。やつらが取り込むのは魔力を持った人間だけだ」

「魔力を持った人間だけ……？」

「ああ、マゴスに襲われても取り込まれずにすんだ人間も多い。六百年前はただ偶然助かっただけだと思われていたが、長年の研究でマゴスが魔力を持っている人間を選んで取り込んでいることが分かってきた。ミゼルが真っ先に襲われて、王都があっという間に攻め落とされたのも、北の森に一番近かったせいだけじゃなく、魔力を持つ人間が多かったからだと言われている」

「もしかして、さっき砦《とりで》で最初に取り込まれた、ローブを着た男性って……」

マゴスが砦《とりで》に激突した騎竜と兵士ではなく、巻き込まれたローブ姿の男性を最初に取り込んだのは、あの人が魔法使いだったからではないだろうか。

「……砦《とりで》に激突したケインは魔力をそれほど持っていない。彼は剣の腕と騎竜の操縦術を見込まれて騎竜隊に入ったからな。あの場で魔力を一番持っていたのは、砦《とりで》に派遣された魔法使いだ。だから最初に取り込まれたんだろう」

「なんてこと……」

虹色の光に包まれて石に取り込まれていく彼らの姿を思い出し、透湖はぎゅっと目をつぶった。

透湖が着ぐるみのビームを使ってマゴスを倒しても、取り込まれた二人は還《かえ》ってこなかった。セルディの言っていた通り、一度取り込まれたら助け出すことは不可能なのだ。

「魔法使いも兵士も、砦《とりで》にいる者は常に命の危険にさらされている。だが、魔力を持っていれば危険度がさらに上がる。俺もこの数か月の間に何人も部下を亡くした。顔見知りの兵士もすぐ目の前で取り込まれていった」

「エリアスルードさん……」

淡々とした口調なのに、エリアスルードの言葉はどこか悲痛な響きを帯びていた。

「辛くないと言ったら嘘になる。……だが、国を、人間を、家族を守るために、俺たちは命がけで戦うしかないんだ」

その静かな決意にあふれた言葉は、いつまでも透湖の胸に残った。

＊＊＊

国境警備団の建物に到着した騎竜たちは次々と広い中庭に降りていく。待機していた白衣の男女がすぐさま負傷者を担架《たんか》に乗せて建物へ運んでいった。

エリアスルードの騎竜は最後に中庭に降り立つ。負傷者に付き添っていったのか、セルディの姿はすでになかった。

「透湖、こっちだ」

騎竜から降りる透湖に手を貸したエリアスルードが、中庭に面した建物の一つを指さす。

「総団長のところに行こう」

「あ、はい」

——総団長ってことは、この国境警備団の中で一番偉い人かな？　どんな人なんだろう。

緊張しながらエリアスルードの後に続いてピコピコと歩き出した透湖は、ふと視線を感じて足を止めた。中庭をぐるりと見回すと、どこの窓にも人がびっしり張り付いていて、透湖を見下ろしているではないか。

——ひょええぇ！

後ろを振り返ったエリアスルードが、透湖が見ているものに気づき、額《ひたい》に手を当ててため息をついた。

「どうやら君の存在と活躍があっという間に広まったみたいだな。すまない。あまり気にしないでくれ。最初のうちだけだから」

「は、はい」

とは言うものの、四方八方から浴びせられる視線の嵐は非常に恥ずかしいし、いたたまれない。

建物に入ってようやく視線を逃れると、透湖は「はぁ」と大きなため息をついて肩を落とす。その様子を見て、エリアスルードがくすっと笑みを漏らしたが、透湖は着ぐるみの中で恥ずかしさに悶《もだ》えていたため、気づかなかった。

――まるで動物園のパンダになったような気分。……いや、こんな姿をしているからパンダというより珍獣かな？

「透湖、総団長の部屋はこっちだ」

「あ、はい。ごめんなさい」

顔を上げると、透湖はエリアスルードを追った。


エリアスルードと一緒に総団長の執務室へ入った透湖は、体格のよい中年男性に迎えられた。

「おう、俺がこの国境警備団を預かるセルヴェスタン・ロードだ。よろしくな」

「か、梶原透湖です。よろしくお願いします」

ぽかんと口を開けて男性を見ていた透湖は、慌てて頭を下げた。

セルヴェスタン・ロードは透湖が想像していた「総団長」とは、あまりにかけ離れた男性だった。

透湖のイメージだと軍の司令官はいかにも軍人といったマッチョタイプではなく、もっとほっそりした体形の頭脳派エリートだ。アニメや小説でも司令官が自《みずか》ら実戦に出ることはなく、たいてい作戦本部の机の上で指示を出している。

一方、実戦に出ている指揮官や隊長は「俺についてこい」と言わんばかりのマッチョな軍人タイプが多い。そしてセルヴェスタン・ロードはどう見てもこちらのタイプだった。

くすんだ金髪に、水色の瞳。貫禄があり、全身に力がみなぎっている感じだ。やや皺《しわ》の入った目元が年齢を感じさせるが、全体的に若々しく見えるのは、気さくな態度と言葉づかいのせいだろう。

――おおらかで部下に慕《した》われている兄貴分という感じかな？　意外だけど、頭脳派エリートタイプよりはうまくやれそうな気がする。

なぜなら透湖もおおらか……と言えば聞こえはいいが、かなりおおざっぱな性格だからだ。

「総団長として礼を言う。今回被害が驚くほど少なくてすんだのは、君のおかげだ。とても感謝している」

頭を下げるセルヴェスタンに、透湖は慌てて手を横に振った。

「いえ、そんな。それに、あの、マゴスに取り込まれた人は助けられませんでしたし……」

着ぐるみにあんな力があると最初から分かっていれば、きっとあの魔法使いの人と兵士の人だって取り込まれずにすんだはずだ。

「いや。マゴス五体を相手に二人の犠牲ですんだことだけでも、我々にとっては奇跡に等しい。君の助力がなければ被害は数十人にも及んでいただろうさ」

「数十人も犠牲に？」

ぎょっとした透湖は、斜め後ろに控えていたエリアスルードを振り返る。問うような視線を向けられ、彼は頷《うなず》いた。

「俺たち騎竜隊が一体倒すのにあれだけ手間取ったんだ。五体すべて倒すとなれば、砦《とりで》の兵士や魔法使いたちが何人も犠牲になっていたはず」

――そんなに毎回、人の命が失われていたというの……？

マゴスは頻繁に砦《とりで》に襲いかかってくるとの話だ。そのたびにそれだけの数の命が犠牲になっていたとすれば、今までの累計はどれほどの数になっているのだろう。

平和な日本で育った透湖には、想像もつかない世界だった。

「エリアスルードの言う通りだ。砦《とりで》から帰ってくるたびに騎竜隊のメンバーが減り、相当数の兵士がいなくなる。週末には遺体のない葬式が行《おこな》われ、街全体が暗く沈んでいた。そんな時に現れた君は、俺たちを照らす光のようなものだ。セノウの街の代表としても礼を言わねばならん」

「セノウの街の代表として……？」

透湖は首を傾げる。セルヴェスタンは国境警備団の総団長という話だったが、それだけではないのだろうか。

「ああ、そうか。こっちでは説明するまでもないことでも、君には分からないだろうな」

セルヴェスタンはハハハと笑った。

「このセノウの街は代々、国境警備団の総団長が治めることになっているんだ。もともと国境警備団の拠点として作られた街だからな。俺は国境警備団の総団長であり、セノウの街の市長でもある。……もっとも、街の運営はそういうのが得意な部下に任せて、俺は市長の椅子に座っているだけだがな。根っからの軍人なんで、街の統治なんぞガラじゃない。慣れないことをやって中途半端になるくらいなら、才能があるやつに丸投げした方がはるかに建設的だ。そうだろう？」

「そうですね」

同意しながら、透湖は苦笑していた。

素人《しろうと》が慣れないことに口出しして現場が混乱するというのは、透湖の世界でもよくある話だ。それなら最初からできる人間に任せた方がいいという考えなのだろう。

一見、無責任にも思えるが、セルヴェスタンの考えはかなり合理的だ。それに、任せられる人材が彼のもとには集まっているということであり、同時にセルヴェスタン自身が部下を信頼しているということでもある。

まだ会ったばかりだが、透湖は彼を信頼できる人間だと感じていた。

「さて、話は変わって、本題は君の今後のことだ」

「あ、はい」

いよいよ自分のことだと、透湖は背筋を伸ばす。

「君の身柄は俺が預かることになった。ま、要するに、俺が後見人となってうちで暮らしてもらうということだな」

「総団長のおうちで？」

「ああ、俺は家族とこの総本部の敷地内に住んでいる。君もそこに一緒に住んで、この街に慣れていってくれ。歳の近い娘がいるから、君の助けになるだろう」

「わ、分かりました。お世話になります」

透湖はぺこっと頭を下げた。

思っていたよりも待遇はかなりいい感じだ。軟禁に近い形になるのではないかと予想していただけに、透湖は安堵《あんど》していた。

……だが、それだけで終わるはずもなかった。セルヴェスタンは抜け目なく付け加える。

「その代わりと言ってはなんだが、これからもマゴスが襲来してきた時は、君の力を借りていいだろうか。もちろん、嫌なら断ってもいい。その場合も君を援助することは変わらない」

——あ、やっぱりただのマッチョなおじさんじゃなかった。

このタイミングで言ってきたのは、たまたまではないだろう。援助することは変わらないと言いつつも、もし断った場合は、さっき言ったのとは違った形の処遇になるに違いない。

——でも、それが当然だし、仕方ないことだわ。

透湖は納得したし安堵《あんど》もしていた。

ただの親切心だと偽《いつわ》るより、条件付きだとはっきり言ってくれた方がいい。両親の死後、面識のない親戚がわらわらと現れ、親切めかして後見人の座に納まろうとした。そのことを思えば、むしろかなり良心的だと思える。

一方的に世話になるより、ギブ&テイクなのだと考える方が、透湖にとっても気が楽だった。

それに、マゴスと命がけで戦うエリアスルードたちを見てしまったら、断ることなどできない。

自分にその力があるのなら、少しでも救える命があるのなら、できる限り力になりたいと思う。

「分かりました。私でよければ力になります。……ううん、ぜひやらせてください」

宣言するように答えると、セルヴェスタンはホッとしたように微笑んだ。

「ありがとう、透湖。君の助力と気持ちに感謝する」

「親しい人を亡くす辛さは、私も知っていますから」

この時セルヴェスタンと会話をしていた透湖は、斜め後ろでエリアスルードが複雑な表情をしていることに気づくことはなかった。

「よし、ではさっそくうちに行って家族を紹介しよう。妻も娘も君が来るのを待っているだろう」

セルヴェスタンが椅子から立ち上がる。すると、そのタイミングでエリアスルードが口を開いた。

「では、俺はこれで。総団長、あとで今日の報告に参ります」

「ああ、ご苦労。さすがに今日のうちにまたマゴスが来ることはないだろう。ゆっくり休んでくれ」

――行ってしまうんだ……

なんだかんだ言っても、この世界に来た時からセルディかエリアスルードがいつも傍《そば》にいてくれた。何くれとなく気遣ってくれて、質問をすれば答えてくれた。だからこそ透湖はある程度安心していられたのだ。それがここに来て、二人ともいなくなってしまうとは。

そう思ったら、急に不安になって、思わず手を上げて引き止めかけた。

「あ……あの……」

「透湖？」

「あの……その……」

だが声に出す前に、そんな自分を恥じて手を下ろす。

――だめだめ、エリアスルードさんにはやることがたくさんあるんだから。

それに、戦って疲れているはずだ。総団長の言う通り、今は身体を休めるべきだし、透湖の我がままに付き合う義理はない。彼を引き止めるべきじゃない。

――そうよ、透湖。ありがとうございますって、お礼を言って、彼を解放してあげないと。

そう思うものの、なぜか言葉がつかえて出てこない。すると、そんな透湖の気持ちを察したのか、エリアスルードが急にこんなことを言い出した。

「副総長、せっかくなのでマリア夫人やミリヤムにも挨拶《あいさつ》したいと思います。屋敷の玄関までご一緒させてもらっても構いませんか？」

――もしかして、私のために？　私が不安がっていたから？　……きっとそうだ。だって、ついさっきまでそのまま帰ろうとしていたもの。

――いいのは顔だけじゃなかった！　なんて優しいんだろう！

突然のエリアスルードの発言が透湖のためだというのは、セルヴェスタンにも分かったらしい。

彼はにやりと笑った。

「ああ、もちろんだ。最近、全然顔を出さないから、マリアが心配していたぞ。親戚なんだから遠慮するなって」

「え？　親戚なんですか？」

王子様然としたエリアスルードと、マッチョなセルヴェスタンに血の繋がりがあるとは。思わず透湖は二人の顔を交互に見比べてしまった。だが、やはり顔だちにも共通点はない。まったく違う系統なのだ。

「おう、親戚だ。ええっと、従兄弟《いとこ》だったか、ハトコだったたか……」

顎《あご》に手を当てて眉を寄せるセルヴェスタンに、エリアスルードが少し呆れたような目を向けた。

「従兄弟《いとこ》なのは俺の父親と総団長ですよ。ミリヤムと俺がハトコ同士になります」

「そうか、そうだったな。すまんすまん。何しろ血縁関係が複雑だから覚えきれなくてなぁ」

セルヴェスタンは悪びれもせず笑う。エリアスルードは小さなため息をついた。覚えきれないのではなく、覚える気がないのは明らかだったからだ。

――この人の部下でいるのも、なかなか大変だろうなぁ。

出会って間もない透湖にも分かる。セルヴェスタンはおおらかな性格――と言えば聞こえはいいが、要するに何事にもおおざっぱで、我が道をゆくタイプなのだ。

エリアスルードは仕方ないとでもいうように首を小さく横に振ると、透湖に視線を向ける。

「……こういう人なんだ。でも軍の司令官としては一流だし、部下思いでもある。多少の無茶ぶりはするかもしれないけど、君を悪いようにはしないだろう。だから安心してほしい」

「は、はい」

透湖はこくこくと頷《うなず》く。正直に言えば、セルヴェスタンの性格はまったく気にならない。ただただ、エリアスルードがこれほど透湖に気を遣ってくれるのが嬉しかった。

「褒《ほ》められているのか貶《けな》されているのか分からんが……まぁ、いい。マリアたちが俺たちの到着を待っているだろうから、行くぞ」

「はい」

頷《うなず》いた透湖たちは、戸口に向かうセルヴェスタンの後に続いた。


セルヴェスタンは家族と住んでいる建物を「うち」と軽く言ったが、それは透湖の考えていたような「家《うち》」ではなかった。

「こ、これは屋敷と言っても差し支えないのでは？」

三階建ての立派な建物を見上げて透湖は口をポカンと開ける。

国境警備団の総本部は、広場に面している大きな建物だけではない。旧市街の三分の一を占める広い敷地に複数の建物を持つ大きな集合施設だ。独身の兵士たちの宿舎もあり、セノウの街の中に一つの小さな町があるようだった。

ただし、軍の施設だけあって無駄な装飾はなく、どの建物も非常にシンプルな外見になっている。

ところが、この建物だけは違っていた。ファサードには彫刻が施《ほどこ》されていて、非常に優美な外見だ。日本で言ったら華族や財閥が明治時代に建てて「旧○○邸」などと呼ばれ、観光スポットになっていそうな建物である。

「別に俺が建てたわけじゃないぞ。ここは代々総団長の家族が暮らしている家だ。他より豪華なのは、曲がりなりにも王族が住む家だからだろうさ」

「へ？」

——なんか今、とんでもないことを言わなかった？

けれど聞き返す間もなく、セルヴェスタンはすたすたと玄関前の階段を上り始める。透湖は慌てて彼の後を追った。

中に入ると、吹き抜けの大きな玄関ホールがあり、そこに二人の美女が立っていた。

どちらも金髪に青い目を持つキラキラした容姿の女性だが、年齢は離れているようだ。けれど、顔だちはそっくりで、血縁関係にあるのは明らかだった。

きっとこの二人がセルヴェスタンの妻と娘だろう。

「お帰りなさいませ、あなた。エリアスルード様もお久しぶりですわ」

年上に見える方の女性がおっとりした口調で言う。セルヴェスタンの妻で、隣にいる女の子の母親……のはずだが、こんなに大きな娘がいるような年齢には見えない。母娘ではなく、姉妹と言われても納得できてしまうほど若々しかった。

「こんにちは、エリアスルード。あなたが来るなんて珍しいわね。まぁ、理由は分かるけど」

女の子が透湖に視線を向けながら言った。青い瞳が好奇心でキラキラと輝いている。

母親の方は口調も外見もおっとりした美人だが、娘の方はおっとりというより活発なタイプのようだった。

「透湖、紹介しよう。妻のマリアと娘のミリヤムだ。マリア、ミリヤム。彼女が今日からうちで預かることになった透湖だ」

「梶原透湖です。よろしくお願いします」

透湖は慌てて頭を下げる。

「ようこそ透湖。私はセルヴェスタンの妻のマリアです。事情は夫から聞いていますよ。遠いところから一人で来て、さぞ辛かったでしょう。でももう大丈夫ですよ。ここを自分の家だと思って、楽に過ごしてちょうだい」

マリアが微笑みながら、のんびりした口調で言う。彼女の言葉が終わるのを待っていたかのように、その隣にいるミリヤムが意気込んで口を開いた。

「私は娘のミリヤムよ。ずっと妹が欲しかったから、あなたが来てくれて嬉しいわ。ところで、その着ぐるみに触ってもよくって？」

「え、ええ。もちろん」

勢いに押されて頷《うなず》くと、ミリヤムはつかつかと近づいてきて、手や肩の部分をペタペタと触った。

「質感がすごいわ！　こっちでは布や張りぼてがせいぜいなのに。これが異世界の技術？　ゴツゴツしているようで、実際は思ったより柔らかいのね。これなら動きやすそう！」

「じゅ、樹脂《じゅし》でできているから、見た目より軽いし動きやすいんです」

あちこちを触られて透湖は困惑していた。この世界に来て、これほど積極的に着ぐるみに触ろうとする人は初めてだった。

——マゴスの幼体に似ているせいか、セルディさんとエリアスルードさん以外、みんな恐々《こわごわ》と見ているだけで、全然近づいてくれなかったのに。

さすが、セルヴェスタンの娘というだけはある。物怖《ものお》じする様子がまったくない。マリアもそんな娘と透湖を、にこにこ笑いながら見ていた。

——彼女もなんというか、おっとりしていながら、ものすごく肝《きも》が据わっている人ね。

相変わらずミリヤムにペタペタと触られつつ妙な感心をしていると、透湖の後ろでくっくっと笑う声がした。小さかったけれど、それは間違いなくエリアスルードの声だった。

「どうやら大丈夫なようだな」

透湖が振り返ると、エリアスルードは小さく笑いながら言った。

——そうだわ。エリアスルードさんは私が不安がっているから一緒に来てくれたんだ。

三人の様子を見て、問題なしと判断したのだろう。エリアスルードはセルヴェスタンに向き直った。

「それでは俺は戻ります。報告はまた後《のち》ほど」

「おう、ご苦労だったな。ゆっくり休んでくれ」

「はい」

エリアスルードは拳《こぶし》を胸に当てて軽く頭を下げると、玄関扉の方に踵《きびす》を返す。透湖はその背中に慌てて声をかけた。

「エリアスルードさん、あの、ありがとうございました！」

帰りかけていたエリアスルードが、足を止めて振り返る。

「いや、君が俺の部下を助けてくれたことを思えば、これくらい礼には及ばない」

「それでも、気遣ってくれて嬉しかったです」

「そういうものか？」

困惑したようにエリアスルードは眉を寄せる。透湖がお礼を言う理由が本気で分からないようだ。

「そういうものです」

透湖がきっぱり言うと、彼は「そうか……」と困惑したまま頷《うなず》いた。たぶん、まだ理解してはいないのだろう。

それでも構わないと透湖は思う。嬉しいと感じたのは本当だし、そのことできちんとお礼も言えたからだ。

エリアスルードは腑《ふ》に落ちない様子のまま帰っていく。その姿が扉の向こうに消えたところで、二人のやりとりを眺めていたミリヤムが言った。

「透湖はエリアスルードがいいの？」

「え？　え？」

遠慮も婉曲《えんきょく》もなく、ずばずばと聞かれて透湖は慌てる。

「えっと、その……」

「妹の恋ならば協力したいと思うけど、正直、エリアスルードはどうかと思うわ。今のやりとりで分かる通り、女性の心の機微には疎《うと》いし、剣術馬鹿よ？」

「いや、あの、恋とか別にっ……。た、ただ単に顔が好みというかっ」

焦って手をバタバタさせながら答える。生まれてこの方、恋愛にまったく縁がなかった透湖は、恋バナにも慣れていなかった。

「ああいう上品な顔だちをした王子様タイプの人は、今まで近くにいなかったしっ、つい見ちゃうというか！」

高校にも大学にもそこそこの容姿の男性はいた。後輩の渡辺だって、なかなかにハンサムだと思う。ただ、エリアスルードのようなタイプは、三次元ではなかなかお目にかかれないのだ。

——だからこそ余計に目がいってしまう……だけ。

透湖のこれは芸能人に対して抱くようなミーハー心に過ぎないのだ。

「確かに顔だけはいいと思うけど。幼い頃から国軍に入って男性ばかりに囲まれて育ったから、女性に対する態度が全然ダメなのよね。無愛想だし。まだセルディの方がマシよ。彼なら女性に気を配れるもの」

「は、はぁ……」

彼と親類であるせいか、ミリヤムは遠慮がなかった。

——でもエリアスルードさん、私に対してはけっこう気遣ってくれていたように思えるんだけど。無愛想でもなかったし。

「まぁ、いいか。それよりも透湖。その着ぐるみは脱げるのでしょう？　素顔を見せてもらっていいかしら？　洋服選びの参考にしたいの。サイズも知りたいし！」

「よ、洋服選び？　サイズ？」

思いもかけない言葉が飛び出してきて、透湖は面食らう。

「いや、でも、この被り物がないと言葉が通じなくなってしまうんだけど……」

「それはお父様から聞いているわ。さっきよく見させてもらったけれど、その着ぐるみは頭と身体が分かれているのでしょう？　それだったら、頭の被り物だけでも言葉は通じるんじゃない？」

「な、なるほど！」

透湖はポンッと膝《ひざ》を打つ。いや、打ったのは心の中でだが、激しく納得していた。

以前、被り物だけ取った時には言葉が通じなかった。つまり着ぐるみの身体の方は自動翻訳機能にはまるで関係ないのだろう。頭部さえあれば、言葉は通じる。だから下は脱いでも大丈夫という理屈だ。

「あまり背は高くなさそうだから、きっと私の少女時代の服を手直しすれば着られるはずよ！　さっそく着替えてみましょう」

ミリヤムは透湖の後ろに回って、着ぐるみの背中をぐいぐいと押してくる。

「わ、分かったわ……」

——なんたる押しの強さ……！　これがこの世界の女性なのかしら？

押しの強さに負けた透湖は、ミリヤムとともに玄関ホールを離れていく。そんな二人をセルヴェスタンとマリアがにこにこしながら見守っていた。


透湖のほっそりとした身体を覆《おお》う、ピンクのレースのワンピース。丈はくるぶしまであり、裾《すそ》にもレースがついている。腰の部分にはこれまたレースで作られた大きなリボンがつけられていて、全体的にとても可愛らしくエレガントなデザインのワンピースだった。

「ほら、私が十二歳の時に着ていた服がぴったり！」

ほくほくした顔でミリヤムが鏡を覗き込む。鏡には、ピンクのワンピースを着た透湖が映っているだろう。だが、透湖自身はまだ見れていない。

「そ、そうね……」

確かにワンピースは可愛いし、透湖の身体にぴったりだ。着やせするタイプの透湖は意外に胸があるので服選びには苦労するのだが、このワンピースを着ても窮屈《きゅうくつ》には感じない。どうやらミリヤムは少女の頃から胸がそれなりにあったようだ。

「靴もちゃんと合っているみたいね」

「そうだね……」

足元を見ると、革でできた茶色の靴を履いている。これもミリヤムが子どもの頃に身に着けていたものらしい。

「確かにワンピースは可愛いし、靴もぴったりで、とても素敵だと思う。……この被り物さえなければね」

どんよりとした気持ちで呟《つぶや》き、しぶしぶながら鏡に視線を向ける。

そこには怪獣の頭だけを被ったピンクのワンピース姿の女性が映っていた。

——これは……どう見てもおかしいよね……

けれど、そう思っているのは透湖だけのようだ。

「そう？　可愛らしいと思うわ。それに何より、今の透湖を見てマゴスの幼体だと勘違いする人はいないでしょうし」

「……別の意味で勘違いされると思うよ」

——たとえば変態とか。

透湖のいた世界では、全身着ぐるみなら微笑ましく見てもらえることが多い。だが、コスプレ会場以外で妙な被り物をしている者には厳しい目が向けられる。

……断言しよう。こっちの世界でも奇異の目で見られるに違いない。

「さ、お父様やお母様にも見せに行きましょう！」

ミリヤムに手を引かれて二人がいるという談話室に向かう。

談話室に入ると、セルヴェスタンとマリアが感嘆《かんたん》の声をあげた。

「おお、いいじゃないか！　これなら誰が見てもマゴスの幼体には見えないし、女性だとはっきり分かるぞ」

「ええ、とてもよく似合っているわ、透湖。ミリヤムのおさがりで悪いけれど、新しい服が届くまで我慢してね」

「い、いえ、そんな……おさがりで十分です」

透湖はかしこまって答えた。それには理由がある。

着替えている間は時間があったので、ミリヤムに尋ねてみた。この屋敷は王族が住む家だという、あの言葉の意味を。そうしたら驚きの答えが返ってきたのだ。

――まさか、総団長が王族だなんて、本当にびっくりだよ……！

そう、セルヴェスタン・ロードは王族だった。

なんでも国境警備団の総団長の地位には、代々王族がつく習わしがあるのだとか。セルヴェスタンは公爵家の三男として生まれて、今の国王とは従兄弟《いとこ》の関係にあるという。

ただし、公爵家はとっくに臣下に下り、セルヴェスタン自身も軍での長年の功績によって伯爵の地位を賜《たまわ》っている。

だから、厳密に言えば王族ではないのだが、王族の血を引いているため、マゴス襲来に対処するべく国境警備団の総団長に任命されたのだった。

『国境警備団の総団長に王族が据えられるのは、国民の非難をかわすためなの。危険な砦《とりで》の警備に一般市民を送り込み、貴族や王族は安全な王都に引きこもっているとなれば、不満が溜まっていくし、砦《とりで》の士気も落ちていくわ。だから、王族が自《みずか》ら危険な場所に赴《おもむ》いて、指揮をとっていると示すことが必要なの。それで、王族は末端の人間をこの砦《とりで》に送り込むってわけ』

ミリヤムは苦々しく顔をしかめ、唇を噛みしめた。

『お父様は王族の血を引いているし、軍での実績もあるから、人材としてはぴったりだったわけよ。お父様は誰かがやらなければならないからと言って、引き受けることにしたわ。それはいいのよ。私だって王都よりこっちの方が気兼ねなく過ごせているから。でもね』

最後にミリヤムは腹立たしそうに付け加えた。

『お父様に丸投げして、自分たちは安全な場所でぬくぬくと過ごしているのは腹が立つのよね。こっちでは毎日命がけでマゴスから砦《とりで》を守って、一度に何十人もの命が失われているというのに……！』

どうやらセルヴェスタンがセノウに来ることになった背景には色々あるらしい。貴族社会に疎《うと》い透湖にはいまいちよく分からないが、少なくとも総団長がセルヴェスタンでよかったと思う。彼じゃなければ、透湖の立場はもっと厳しいものだったかもしれないのだ。

この屋敷に住まわせてもらうことが、どれほど幸運なことか。それが理解できた今、セルヴェスタンに感謝せずにはいられなかった。

「透湖、透湖。被り物を外して、お父様たちに素顔を見せてあげて」

「う、うん」

ミリヤムがはしゃいだ声を出す。

実は着替える時に着ぐるみも脱ぐ必要があったため、ミリヤムはすでに透湖の素顔を見ていた。その時ミリヤムが何を言ったのか、透湖にはよく分からなかったが、目を輝かせていたところを見ると、そう悪い反応ではないのだろう。

セルヴェスタンたちに素顔を見せるのは初めてなので、ドキドキしながら被り物に手をかけて、ずぼっと脱ぐ。

不思議なことに、着ぐるみを被っていても以前のように汗はかかないし、窮屈《きゅうくつ》だという感じもしない。今さら気づいたが、歩いたり飛び跳ねたりすることも楽にできる。これも異世界トリップで獲得したチートの恩恵だろう。

「――――」

透湖の素顔を見たセルヴェスタンとマリアが何かを言って頷《うなず》いている。もういいかなと思って再び怪獣の頭を被ると、とたんに耳に流れてくるのは聞き慣れた日本語だった。

「見て見て！　黒髪にピンクが意外と映えるでしょう？　私にはちょっと子どもっぽかったデザインの服だけど、透湖ならぴったり！」

「ナイスチョイスよ、ミリヤム。可愛らしい顔だちと合っているわ」

「こうして見ると、思った以上に年齢が下かもしれんなぁ。こんな子どもを砦《とりで》に送り込むのは、ちと気が咎《とが》める」

なんだか幼いだの、子どもだの言われている。絶対に誤解されている……！

どうやらここでも「東洋人は若く見られる傾向」について説明しなければならないらしい。コホンと咳払《せきばら》いをして透湖は尋ねる。

「あの、すみません。ちょっと聞きたいのですが、ミリヤムは何歳ですか？」

「私は十八歳よ。そういえば透湖は何歳なの？　まさか十五歳より上ってことはないわよね」

「そのまさかです」

透湖は真面目な口調で答えた。

「私の年齢は二十一歳ですよ。つまり、ミリヤムより年上ということです」

「――――え？」

たっぷり十秒は経った後、三人の口から信じられないというような声が漏れた。

「えええ！　私より年上!?」

「あらまぁ、驚いたわ……」

「二十歳《はたち》を越えてる？　ってことは、しまった！　姉だったか！」

三者三様の驚き方だが、とにかく彼らの目に透湖がうんと子どもに見えていたのは確かなようだ。

――それにしても、着ぐるみ姿にはまったく驚いていなかったのに、素顔と年齢で驚かれるってどうなのよ……？

非常に複雑な心境の透湖だった。


ロード家の面々と和気あいあいとした時間を過ごした後、透湖は与えられた自室で怪獣のマスクを取った。

「ふぅ……」

ため息を一つついてから、部屋の片隅に置かれた着ぐるみの胴体に視線を向ける。

透湖に与えられた部屋は、子どもだと思われていたせいか、ピンクの花模様の壁紙が貼られた可愛らしい部屋だった。一言で言えば「お姫様の部屋」だ。そこに置かれた怪獣の着ぐるみは、どうひいき目に見ても異様でしかなかった。

「仕方ないよね……だって自分でもどうかと思うもの」

着ぐるみの胴体の上にちょこんと頭をのせると、透湖は部屋の真ん中にでんと置かれたベッドの端《はし》に腰を下ろす。

――きっと私の存在も、この世界ではあれと同じように思われているんだろうな。

異質なモノ――招かざるモノ。

前にいた「来訪者」たちのおかげで異分子扱いされずにすんでいるだけだ。それに、運よく着ぐるみがビームやら炎やらを出して役に立つことを証明できたけれど、それがなかったら今頃どういう扱いをされていたのか、想像するだけで背筋が寒くなる。

別に何か仄《ほの》めかされたわけじゃない。ロード家のみんなは透湖を歓迎してくれて、初日から楽しい時間を過ごせた。セルヴェスタンの性格からして、透湖がもし能無しだったとしても、ちゃんと保護してくれただろう。

けれど、透湖には今のこの状況は「役に立つと証明できた」ゆえの厚遇だというのが分かっていた。分かっているからこそ、協力することを承諾《しょうだく》した。

情報収集と生活のための足掛かりとしては十分だし、透湖自身も納得していることだ。……なのに、とても心もとないのだ。今の自分には足場がない。不安しかない。

――きっと前にいた「来訪者」たちも、こんな気分で過ごしてたんだろうな。

「だって、みんな親切だけど、やっぱりここは私の世界じゃないもの……」

ぽつりと呟《つぶや》いた言葉は、透湖自身の心に深く刺さった。

「っ……」

突然、手足がぶるぶると震え始める。寒いわけじゃない。心が現実にようやく追いついたのだ。

異世界に飛ばされたと分かってから、透湖の傍《そば》には必ず誰かがいた。最初はセルディが、次にエリアスルードが、そしてロード家の人々が。

透湖自身も目まぐるしく変わる状況についていくのがやっとで、深く考えることはできなかった。いや、わざと考えないようにしていたのだ。

……なぜなら考えてしまえば、きっと透湖はその場でしゃがみ込み、泣きわめいて何もできなくなっただろうから。

でも今こうして一人になって、透湖は自分の心を偽《いつわ》れなくなっていた。

……怖い。恐ろしくてたまらない。

これから自分はどうなるんだろう？

元の世界に帰れるんだろうか？

――帰れるとしても、どうやって？　この世界に来た時のこともよく分かっていないのに？

希望なんてない。真っ白だ。

――ああ、この感じはあの時とそっくり。

両親が亡くなった時も今と同じく、一人ぽつんと置いていかれたみたいな気がした。

今まで親しんできたものと切り離され、目先の展望も目的も失ってしまう。その先にある人生の意味も見いだせなくなって、世界は色を失う。

透湖はベッドの上で膝《ひざ》を立て、そこに顔をうずめた。

「お父さん……お母さん……。私、また独りになっちゃった……」

震えが止まらなかった。

大学一年生の時、両親と三人で仲良く暮らしていた透湖の世界は一度壊れていた。両親がドライブ中、飲酒運転のトラックにぶつかられて、突然この世から去ってしまったのだ。

両親ともども親戚付き合いはしておらず、透湖が知る限り交流があるのは母親の従姉妹《いとこ》の亜里沙《ありさ》だけ。その亜里沙も仕事で遠い場所にいて、すぐに会えるわけではない。

兄弟のいない透湖は、前触れもなく突然、文字通り一人になってしまった。事故の知らせを警察からもらった後のことは、透湖にとって思い出したくもない記憶だ。

『お父さん、お母さん……！　目を開けて……！』

いくら呼んでも、父親も母親も目を開けてくれなかった。

喪失感《そうしつかん》と孤独感から立ち直れたのは、事故の知らせを聞いて飛んできてくれた亜里沙と、近所の人の励ましがあってこそだ。みんなが透湖を心配してくれて、助けになってくれた。

けれど、両親の思い出の詰まった家も売って、大学のある街のアパートに移り住んだのには訳がある。

亜里沙以外に存在しないと思っていた親戚が、両親が交通事故で亡くなったと報道されて以降、親切めかして訪ねてくるようになったからだ。

両親の保険金と事故の賠償金が目当てなのは明らかだった。透湖の両親は駆け落ち同然に田舎《いなか》の村を出て以来、彼らと袂《たもと》を分かっていたからだ。

当時未成年だった透湖の後見人になれば、おこぼれに与《あずか》れると思ったのか、ひっきりなしにやってきては面倒を見たいと申し出てきた親戚。怒りを通り越して、あの時はただ呆れるばかりだった。

透湖はあと一年もすれば成人だし、後見人は必要ない。もし後見人を選ぶ必要があれば亜里沙が適任だ。そう何度も言ったにもかかわらず、親戚はなかなか諦《あきら》めなかった。そこで透湖は亜里沙が紹介してくれた弁護士に対応を頼むと、家を売り、大学がある街にさっさと移り住んだのだ。

新しい住所を知っているのは、弁護士と亜里沙だけ。煩《わずら》わしい親戚からの接触もなくなって、ようやく透湖は落ち着いて両親の死を悼《いた》めるようになった。

――思い出の詰まった家を売るのは辛かったけれど、あの家で一人さびしく暮らすのもかえって辛かったから。それに、両親の思い出は私の記憶の中に、こうして残っているから。

環境を変えて一からやり直すというのは透湖に合っていたようで、次第に落ち着きを取り戻した彼女は、大学生として学生生活を満喫していた……はずだった。

それが、こんなことになるとは誰が予想しただろう。

自分の人生を波乱万丈《はらんばんじょう》だと思ったことはないが、異世界トリップまでしてしまった以上、普通ではなくなったと透湖は笑うしかない。

――大丈夫。大丈夫。どんなに辛くても悲しくても人生は続いていくし、お腹も減るんだから。

何度もそう念じて深呼吸した透湖は、膝《ひざ》から顔を上げた。その時にはすでに身体の震えも止まっていた。

「……よし！」

透湖は自分の両頬をパチンと叩いて気合を入れる。

「私は駆け落ちして、誰も知り合いがいないところで一から人生を始めたお父さんとお母さんの子どもよ。異世界がなんだ！　どんな境遇でも自分らしく生きていく！　そう二人のお墓の前で誓ったでしょ！」

宣言するように、透湖は自分に言い聞かせた。

「どうにもならないことを心配するより、今自分にできることを地道にやっていくしかない。そうでしょう？　ぐじぐじ悩むより行動あるのみ！　いいわね、透湖！」

ベッドから立ち上がった透湖は、ぐっと拳《こぶし》を握る。自分でも空元気だと思うが、そう宣言することで不思議と心は落ち着いた。

「……でも……」

ふと、元の世界のことを思い出して、透湖は耳に手を当てる。イヤホン型の受信機をつけていた方の耳だ。今そこに受信機はない。セルヴェスタンが用途を聞いて興味を示していたので、彼に渡してある。

元の世界と自分を繋ぐ大切なものを手放すのに、躊躇《ちゅうちょ》がなかったと言えば嘘になる。けれど、セルヴェスタンは必ず返すと言ってくれたし、いつかあそこから渡辺の声が聞こえてくるのではないかとつい期待してしまう自分を戒《いまし》めるため、彼に預けることにしたのだ。

いつか元の世界に帰れる時が来たら、返してもらうという約束で。

きっとセルヴェスタンなら、それまで大切に保管してくれるだろう。

透湖は耳から手を離しながら、ぽつりと呟《つぶや》いた。

「……渡辺、今頃すごく心配しているよね」

そのことが今、一番申し訳なく思っていることだった。

彼の代わりに舞台に立っている間に、行方不明になってしまったのだ。誰よりも透湖の心配をしているのは渡辺に違いない。

——だって、きっとあの子は私と同じだから。

家族がいないか、あるいは家族との関係が希薄な人間。チャラい格好と言葉づかいで隠しているけれど、彼の孤独感や寄る辺のなさを透湖は感じ取っていた。

それは渡辺の方も同じだっただろう。彼は透湖に自分と似たものを感じていたに違いない。だからこそ、性格も学年も学科も違う自分たちはウマが合ったのだ。

たぶん今頃必死で捜していると、透湖には分かる。なぜなら透湖も渡辺が突然いなくなったら、そうするだろうから。

——どうにかこっちにいることと、心配いらないことを伝えられたらいいんだけれど。ああ、もどかしいっ！

心配事はそれだけじゃない。透湖が着ぐるみごとこっちへ来てしまったことで、向こうの世界ではレンタル代とか保障とか損害賠償とか、そういう問題も起こっているだろう。

——まさか、その責任も渡辺に行ってやしないわよね？

そう思うといても立ってもいられない気持ちになったが、異世界にいる透湖にはどうすることもできない。

「渡辺、私は大丈夫だから。心配しないで。こっちでも絶対生き抜いて、無事に元の世界へ戻るから」

届かないと分かっていても、透湖にできるのはそう呟《つぶや》くことだけだった。

＊　＊　＊

夜もふけた頃、セルヴェスタンとセルディ、それにエリアスルードは、総団長の執務室に集まっていた。

彼らの前にあるのは、透湖がずっと耳につけていたイヤホン型の受信機だ。着替えの時に外したそれを、セルヴェスタンが預かった。

「ちょいと透視の魔法で見てみたが、我々のまったく知らない未知の技術で作られていた。透湖によれば、これは離れた場所からでも相手の声が聞こえる装置だそうだ」

セルヴェスタンが重々しい口調で告げると、セルディが自分の髪に手を入れてクシャクシャと掻いた。

「あー、つまり、透湖は正真正銘《しょうしんしょうめい》、『来訪者』だって証明されたってことですね」

「ああ。他国の間者という疑いもまったくないわけじゃなかったが、これでもう確定だな」

「まぁ、あんな目立つ間者もいないでしょうし、考えていることがすぐ顔に出るようなタイプに間者は務まらないでしょうよ」

「そうだな。素直だし、まったく擦《す》れてない。平和な環境で育ってきたのは確かだな。……しかし、あれで二十一歳か……」

まだその衝撃から立ち直れていないセルヴェスタンだった。

「ええ」と頷《うなず》いてセルヴェスタンに同意したのはセルディだ。彼もまた透湖の素顔を見て、さらに年齢を聞いてもいた。

この中で唯一透湖の素顔を知らないエリアスルードは、二人の会話にピンとこないのか黙ったままだ。

「透湖が『来訪者』だと確定したところで、これからどうするんですか、総団長？」

セルディが眉を上げてセルヴェスタンに尋ねる。セルヴェスタンは肩を竦《すく》めた。

「どうもこうも、当初の予定通りだ。彼女にも言った通り、今後マゴスが来た折《とりで》には砦に赴《おもむ》いて協力してもらうのさ」

そこまで言って、セルヴェスタンはムスッと口を引き結んでいるエリアスルードに気づいた。

「なんだ、エリアスルード。お前は彼女が戦うことに反対か？」

「……反対というわけではないんです。でも、女性を戦いに巻き込むのは剣士としてどうしても……」

なるほど、とセルヴェスタンは眉を上げる。透湖本人に助力を頼んでいた時に、エリアスルードが苦い顔をしていたのはそのせいか。

エリアスルードにとって女性は守るべき存在で、戦場に立たせる相手ではないのだ。いくら未知の力を持っている「来訪者」であっても、透湖が女性である以上、エリアスルードにはどうしても抵抗があるのだろう。

「だが、彼女がいればマゴスの犠牲者は大幅に減らすことができる」

「……分かっています。俺の感傷で、助かるはずだった命が失われることがあってはならないと」

だからこそ、エリアスルードはぐっとこらえて反論しないようにしているのだろう。

「お前は真面目なやつだからな」

セルヴェスタンは苦笑を浮かべると、口調を改めて命令するように告げた。

「透湖に悪いと思うのであれば、これから降りかかる災難から彼女を守れ。絶対に守りきれ、エリアスルード」

「総団長？」

「透湖の噂は瞬《また》く間に大陸中に広がるだろう。あの姿だからな。隠しておくのは不可能だ。どこに行っても注目を浴びるし、素性をすぐに知られてしまう。彼女の存在が気に食わないと思う連中も現れるだろう。何よりこの時期、どこの国も『来訪者』を喉《のど》から手が出るほど欲しがっているからな。下手をすれば誘拐ということもあり得る」

エリアスルードとセルディはハッとしたように顔を見合わせた。

トランザム。ナースティ。ファンデローとともにミゼルの領土を分割して統治し、マゴスの脅威にさらされている国。彼らも「来訪者」が来ることを待ち望んでいる。

もし彼らが透湖の存在を知ったら、手に入れようとするだろう。

「そういった輩《やから》から透湖を守るのもお前たちの役目だ。透湖はこれからお前たち騎竜隊と行動をともにすることが多くなるからな。頼んだぞ、二人とも」

「はい。命をかけて守ってみせます。この剣にかけて」

胸に拳《こぶし》を置き、ファンデロー軍式の礼をして二人は誓った。

＊　＊　＊

「『来訪者』だって⁉」

ファンデロー国の王宮にある部屋で、魔法使い見習いの少年デオは、自分の師匠である王宮付き魔法使いリースファリドが珍しく大きな声をあげるのを聞いた。

　リースファリドはセノウの街から届いた友人の手紙を読んでいた。いつもは斜め読みした後、重要な手紙だろうがなんだろうがその辺に放り投げる師匠が、今日はそれを握ったままソファから立ち上がっている。

「ど、どうしたんですか、師匠？」

「セノウに『来訪者』が現れたらしい」

「『来訪者』が!?」

　デオはあんぐりと口を開ける。『来訪者』はマゴスが繁殖期を迎えた今、どこの国でも欲しがっている存在だ。

「エリアスルードからの報告だ。間違いないだろう」

「え、あの『マゴスレイヤー』からの手紙だったんですか!?」

　どちらの方により驚くべきかデオには分からなかった。国中が待ち望んでいる「来訪者」の出現に驚くべきなのか。それとも英雄である「マゴスレイヤー」、エリアスルード・アージェスから手紙が来るほど親しい間柄だったことに驚くべきなのか。

　だが、悠長に判断している暇はデオにはなかった。リースファリドが戸口に向かいながらこう言ったからだ。

「ああ、エリアスルードは僕にセノウまで来いと言っている。『来訪者』の話を聞かせてほしいそうだ。まぁ、当然だよね。僕ほど『来訪者』について詳しい人間などいないのだから。というわけでデオ、僕はセノウに行ってくる。しばらく留守にするから、その間のことはよろしく頼むね」

「それはダメです、師匠！」

デオは素早く動いてリースファリドのローブをガシッと掴んだ。

「師匠はこれからサイオ将軍とともに、トランザムの三国会議に向かう予定でしょう。欠席することはできません」

三国会議というのはファンデロー国、トランザム国、ナースティ国の三か国による、マゴスの被害と現状を報告し合う重要な会議だ。その会議にはリースファリドもファンデロー国の代表の一人として出席することになっている。

欠席はおろか、誰かに代理を頼むこともできない立場なのだ。

「王宮付き魔法使いの大事な役目の一つです。サボるなど許されませんよ、師匠！」

リースファリドはデオを振り切って逃げ出そうとするが、思いのほか力の強い彼がローブを放すことはなかった。

「サイオ将軍はトランザムはおろか、遠いナースティの視察までする予定なんだよ？　絶対付き合わされるに決まってる！　それじゃ、セノウにいつ行けるか分からないじゃないか！」

だが、その訴えを弟子は無情にも一蹴《いっしゅう》した。

「終わってから行けばいいんです。数か月留守にしたって、マゴスの繁殖期は終わりませんよ。さぁ、サイオ将軍のところへ行きましょう」

「ちょっ、おい、弟子なら師匠の気持ちを汲《く》むってことができないのかな⁉」

「師匠のためです。それに、サイオ将軍から師匠が逃げないように見張っていろと頼まれているんです。魔法を使って逃げようとしても無駄ですよ。ここでは魔法は禁止されているんですからね」

王宮では研究棟以外での魔法の使用は、緊急時を除いて禁止されているのだ。ここはリースファリドの私室であって研究棟ではない。したがって、リースファリドが魔法を使って逃げることも許されない。

「くっ。この裏切り者……！」

「師匠のためなのです。師匠孝行の一つですよ」

しっかり者の弟子は笑いながら、サイオ将軍に引き渡すべくリースファリドを引きずっていく。衆人の目があろうとお構いなしである。

いつもは飄々《ひょうひょう》としているリースファリドも、こちらの手の内を知り尽くした弟子を相手に、どうすることもできなかった。

結局リースファリドがセノウの街に足を踏み入れることができたのは、三か月も後のことだった。

その時すでに「来訪者」である透湖と着ぐるみの存在は国中に知れ渡り、彼女を巡って色々な思惑が入り乱れ始めていた。

第五章　英雄への道——ただし、叫ぶだけの簡単なお仕事です

「目からビーム！」

透湖の言葉とともに着ぐるみの目から強烈な光が放たれる。一条の光となったビームは最後に残っていたマゴスの胸を貫《つらぬ》いた。

「ギャアアア」

マゴスはビームの残光が消えないうちに、溶けるように消えていく。砦《とりで》の上で固唾《かたず》を呑んで見守っていた兵士や、マゴスの気を逸《そ》らすべく空を飛び交っていた騎竜隊の面々が歓声をあげた。

「おお、やったぞ！」

「さすが！」

その歓声をエリアスルードの騎竜の上で聞きながら、透湖はマゴスがいた場所をじっと見つめる。あれほど重量のありそうな生き物が、こうして跡形もなく消えていくのは何度見ても不思議だった。

「透湖、ご苦労様。おかげで今日も犠牲者は出なかったようだ」

エリアスルードの声に透湖は頷《うなず》く。

「よかった」

「さぁ、セノウに帰ろう」

くるりと旋回して方向を変えたエリアスルードの騎竜は、セノウの街がある方角に進み始める。砦《とりで》の上で手を振る兵士たちに見送られながら、他の騎竜隊もそれに続いた。

透湖がこの世界にトリップして早くも三か月が経っていた。

砦《とりで》が襲われるたびに騎竜隊とともに駆けつけ、マゴスを撃退している。一撃必殺の透湖がいるおかげで、今のところ犠牲者はゼロだ。怪我人こそ出るが、マゴスに取り込まれて遺体も残さず死亡する兵士は皆無《かいむ》になった。

その活躍がセノウの街の住人に知られるのは早く、透湖はあっという間に時の人となった。怪獣の頭を被って街に出ても気絶したり叫んだりする者はもういない。今では「英雄」と呼ばれ、どこに行っても歓迎されるようになった。

——本当は私の力じゃないんだけどね……

思わず遠い目になる。

なぜなら、すごい力を持っているのは透湖本人ではなく、着ぐるみの方だからだ。透湖はその中の人というだけにすぎない。

——私は着ぐるみがなければ、こっちの人と会話を交わすことすらできないんだから。

この三か月間ではっきり分かったことは、透湖自身にはなんの力もないということだ。セルヴェスタンによれば、魔力の魔の字もないらしい。

——せっかく剣と魔法の世界に来たんだから、私にも使えるかもしれないと期待したのにこれだよ！

もっとも、透湖がまったくの役立たずというわけではない。背格好の似た少年兵に試しに着ぐるみに入ってもらったこともあるが、彼だと着ぐるみの力はまるで発動しなかった。

中の人が透湖でなければ着ぐるみは力を発揮しない。ただの着ぐるみになり下がってしまうのだ。だから、透湖が英雄だというのもある意味本当なのである。

——着ぐるみの中に入って「目からビーム」だの「口から炎」だの言ってるだけの、誰にでもできる楽な仕事だけどね……。

自分の力で何かを成し遂《と》げている気はまったくしない。はっきり言って、名声に見合った働きはしていないのだ。

なのに名声だけがいたずらに高くなっていく。期待値も上がっていく。

大げさかもしれないが、透湖にとって栄光と空《むな》しさの両方を味わった三か月間だった。

——全部自分の力だと豪語できるだけの図太さがあればよかったけど、そこまで図々《ずうずう》しくはなれないわ。

セノウの街に近づくと、騎竜の姿に気づいた人々が歓声をあげて手を振る。街の人間にとって、騎竜の背に乗る着ぐるみ姿の透湖は珍しいものではなくなっていたが、いつもこうして迎えてくれる。

『そりゃあ、お前が来るまでは、騎竜隊が戻ってくるたびに今度は何人犠牲になったのかと戦々《せんせん》恐々《きょうきょう》としていたからな、街の住人は』

というのはセルディの談だ。

街の人口の大部分を占めているのは国境警備兵とその家族なのだという。彼らにとって兵士の訃《ふ》報《ほう》は他人事ではない。その悲劇が、いつ自分の夫や父親の身に降りかかるか分からないからだ。

国境警備団とは関係のない住人もいるが、彼らの商売の相手はほとんどが兵士だ。昨日まで店に通っていた常連の訃報《ふほう》を聞くことも珍しくない。だから彼らにとっても砦《とりで》のことは他人事ではなかった。

セルディだけでなくエリアスルードも透湖に語ってくれた。

『街の住人は俺たちが帰ってくるのを見て、家族や顔見知りは無事なのかと怯《おび》えていたんだ。それがこの三か月間、犠牲者はゼロ。安心して出迎えることができるようになった。出動して帰ってくるたびに住人の表情が明るくなっているのが分かる』

エリアスルードは目を細めて小さく笑った。

『俺の部下たちも目に見えてみんな明るくなった。隊員が誰一人欠けることなく街に戻ってこられるようになったからな』

犠牲となっていたのは交替で砦《とりで》を見張っている兵士だけではない。マゴスと戦っている騎竜隊にも少なくない数の犠牲が出ていた。全員が覚悟して戦っているとはいえ、隊長のエリアスルードが部下の死を悼《いた》まないわけがないのだ。

『透湖のおかげだ。感謝している』

事あるごとにお礼を言われて、透湖はこそばゆくなりながらも嬉しかった。

異世界に偶然迷い込んだ透湖だが、ここに来た意味があったのだと、そう思えたからだ。

そんなことを思い出しているうちに、騎竜が国境警備団総本部の中庭に次々と降り立った。エリアスルードは騎竜の背中から軽い動作で飛び降りると、透湖に手を貸してくれる。

――礼儀正しくて本当に紳士よね、エリアスルードさんは。特別な意味はないんだろうけど、ドキドキしちゃう。

透湖も地面に降り立つと、エリアスルードはふと思い出したように言った。

「そういえば、透湖はこれからミリヤムと一緒に魔法石を買いに行くんだったよな？」

「ええ。セルディさんが連れていってくれる予定だったけど……マゴスの襲来があったばかりだから、きっと忙しいわよね」

マゴスの襲来があると、セルディは事後処理で忙しくなる。あちこちの部署に行き、諸々《もろもろ》の手配を頼む必要があるからだ。本来であれば隊長のエリアスルードがやるべきことなのだが、セルディ曰《いわ》く『他部署とのやりとりをエリアスルードに任せていたら、いつまで経っても終わらん。あいつは行く先々で人に捕まるからな。俺がやった方が早い』とのことだ。

「まぁ、でも日を改めればいいんだし」

「俺がセルディの代わりに行こう」

突然エリアスルードがそう言った。

「俺が付き添うから中止にすることはない」

「え？　い、いいんですか？」

ドキドキしながら問いかけると、エリアスルードは頷《うなず》いた。

「ああ。正門の前で待ち合わせよう。報告書を出したらすぐに行くから」

「は、はい！」

透湖は心の中で「やったー！」と万歳した。いつも買い物に付き添ってくれるのはセルディで、エリアスルードが来てくれることは稀《まれ》だったからだ。

——デート……とはちょっと違うけど、エリアスルードさんと出かけられる！　これはミリヤムに頼んでめいっぱいおしゃれをしないと……！

「じゃ、じゃあ、また後で！」

透湖はエリアスルードにぺこっと頭を下げて、セルヴェスタンの屋敷の方に歩き出す。その足取りは軽かった。

＊　＊　＊

透湖と別れたエリアスルードは、まっすぐ自分の執務室へ向かった。

「セルディは……他の部署か」

事後処理であちこち歩き回っているのか、セルディと兼用で使っている執務室には誰もいない。

ところが、エリアスルードが報告書を書いてしまおうと自分の席についた直後、セルディが書類を手にバタバタと部屋に入ってきた。

「おう、戻ってたのか」

エリアスルードに気づいたセルディが自分の席につきながら声をかける。

「ああ。……いつも後始末をお前に丸投げしてすまない」

彼自身が率先して請け負っているとはいえ、本来なら隊長がやるべき仕事を肩代わりしてくれているセルディに、エリアスルードはいつも感謝していた。

「適材適所ってやつさ。気にするな」

セルディは笑って手をひらひらと振った。

「それに、これは俺自身のためでもある。何しろ、お前が行くと他部署の兵士たちに捕まって、いつまで経っても戻らない。お前が戻ってこないと俺も仕事を終えられないんだからな」

「……確かにそうだな」

苦笑いを浮かべながらエリアスルードは頷《うなず》いた。

ミリヤムに朴念仁《ぼくねんじん》だの、コミュ症だの、剣術馬鹿だの、散々な言われ方をしているエリアスルードだが、別に人と話をするのが苦手というわけではないのだ。確かに幼い頃から男に囲まれて育ち、女性と話すのは得意とは言えないが、やろうと思えばやれないわけではない。

ただ……自分をやたらと英雄視してくる者たちと話すのが苦手なだけだ。

十四歳の時に騎竜隊に入隊したまではいいが、訓練中に偶然遭遇したマゴスをほぼ単独で倒して以来、エリアスルードは変に注目されてしまった。十年経った今もそれは変わらず、どこに行ってもやたらと持ち上げられるし、色々な人が話しかけようとする。

それはマゴスの繁殖期に備え、半年前に赴任してきたセノウでも同じで、未だに別の部署に行けば兵士たちに取り囲まれ、仕事の話がまったく進まない状況になってしまう。それで、業《ごう》を煮やしたセルディが他部署とのやりとりを引き受けることになったのだ。

「ああ、そうだ、セルディ。今日これから透湖とミリヤムを連れて魔法石街に行くことになった。しばらく留守番を頼んでも構わないか？」

そう尋ねるとセルディは書類から顔を上げた。

「お、代わりに行ってくれるのか。それは助かる。透湖に何か護符代わりになるような魔法石を見《み》繕《つくろ》ってやってくれ。魔力がなくても発動できるタイプがいいな」

「分かっている。もし条件に合うものがなければ、石だけ購入して俺が魔法を入れておこう」

透湖は自分の身を守る術《すべ》を持たない。魔力もなければ、護身術が使えるわけでもないし、剣が扱えるわけでもない。もちろんあの着ぐるみがあれば無敵だが、頭の被り物だけだと威力が半減してしまうことが今では分かっている。それに、彼女自身もあの力を人間に対して振るうつもりはないようだった。

そこで何かあった時のために、身を守る魔法が入った魔法石を持たせることになったのだ。

「頼んだぜ、エリアスルード。透湖はこの国に限らず、他国にもその存在を知られつつあるからな。外に出る時は必ず誰かが付き添っているとはいえ、万が一ということもある。用心するに越したことはないぜ」

「ああ。彼女の自由を侵害しない形で守るとすれば、魔法石を持たせるのが最適……」

エリアスルードの言葉が途中で止まる。書類の山の上に置かれた自分宛ての手紙に気づいたからだ。手に取ってみれば、もう一人の幼馴染《おさななじみ》からのものだった。

「リースファリドからだ」

「なんだ、あいつ。ようやく帰国したのか？」

セルディも馴《な》染《じ》みのある名前に反応して眉を上げた。

エリアスルードは手紙の封を切ると、中に入っていた便箋《びんせん》を開く。

それは一見、何も書かれていない白紙の便箋《びんせん》だった。ところが、エリアスルードが触れている部分から、じわりじわりと文字が浮かび上がってくる。どうやら第三者に封を開けられても中身が読めないような魔法がかけられていて、受取人であるエリアスルードの魔力に反応して解ける仕組みになっていたようだ。

かなり緻密《ちみつ》な魔法だが、王宮付き魔法使いであるリースファリドにとっては朝飯前だろう。

浮かび上がってきた文字を目で追って、エリアスルードは頷《うなず》く。

「どうやら帰国したようだな。陛下への報告がすみ次第、セノウに向かうと書いてある」

「そうか。しかし、研究対象である『来訪者』が現れたことを知りながら、数か月も他国に滞在するとは意外だったな。俺はてっきり一人で勝手に帰国してセノウにやってくると思っていたぞ」

「俺もだ」

椅子に背中を預けながら呟《つぶや》くセルディに、エリアスルードは激しく同意した。

リースファリドはその高い魔力と巧みな魔法術を買われて、若くして魔法使いの最高峰と言われる王宮付き魔法使いの一人になっている。だが、本人はかなり適当な性格で、任務より自分の研究を優先するし、そのことにまったく悪びれもしない、そんなタイプの人間だ。

だから運悪くトランザム国で行《おこな》われる三国会議に出席しなければならなくなったとしても、適当に切り上げてさっさと帰国するものだとエリアスルードは思っていた。ところが、予想に反してリースファリドは、サイオ将軍の視察に付き合って数か月も国を離れていたのだ。

「真面目に任務をこなすなんて、あいつにしては珍しいな。空から槍《やり》でも降らなければいいが……」

正直な感想を漏らしつつ、手紙の先を読み進めていくうちに、エリアスルードの表情がどんどん険《けわ》しくなっていく。それに気づいたセルディが声をかける。

「どうした？　リースファリドはなんて？」

「……どうやらリースファリドは、トランザム国の筆頭魔法使いリサール師からもたらされた極秘情報について確認するために、サイオ将軍の視察に付き合ったみたいだ」

手紙にはリースファリドが数か月も国を離れることになった理由が、簡単にではあるが記《しる》されていた。

リースファリドは三国会議の後、リサール師から聞かされた情報の真偽を確かめるために、リサール師本人とサイオ将軍と一緒にナースティ国との国境まで行っていたらしい。そのせいで、帰国が大幅に遅れることになったようだ。

「その極秘情報っていうのはなんだ？」

セルディの疑問に、エリアスルードは眉を寄せながら低い声で応じる。

「……ナースティ国が『来訪者』を極秘で抱え込んでいるかもしれないそうだ」

「透湖以外にも『来訪者』が!?　それも、よりによってナースティ国に？」

セルディが目を見開く。

「来訪者」が同時期に複数現れた例は過去にもある。二百年前、トランザム国に現れた双子の女性がそうだ。だが、それ以外に例はなく、ましてや別々の国に現れるなど今までなかったことだ。

それもトランザム国ならまだいい。問題はもう一人の「来訪者」がいるとされるのがナースティ国だということだ。

ナースティ国はファンデロー国とトランザム国と並ぶ、大陸屈指の大国だ。大陸中央に位置するトランザム国を挟んでいるため、直接領地を接しているわけではないが、ともに旧ミゼル国の一部を統治しており、マゴスの被害を受けている国として同盟関係にある。

だが関係が良好なトランザム国と違い、ナースティ国とは微妙な関係がここ数百年ほど続いている。原因は「来訪者」だ。「来訪者」が現れる頻度が高いファンデロー国とトランザム国に対して思うところがあるのか、何かと難癖をつけてくるのだ。

双子の女性の時は「二人いるのだから、一人は我が国によこせ」と言ってきたし、百年前ファンデロー国に現れた「来訪者」に対しては誘拐未遂事件まで起こしている。

「あのナースティに『来訪者』が現れて、しかもそれを隠しているということか」

「ああ、どうもそうらしい。詳細はリースファリドの口から直接説明するそうだが、もしそれが本当なら、向こうにもすでに『来訪者』がいるということで、透湖が狙われることはないかもしれない。ただ……」

セルディはうなじに手をやり、眉を寄せる。

「ああ。わざわざ存在を隠しているところが怪しいな。……どうも嫌な予感がする。首の後ろがチリチリするというか……」

彼と同じように嫌な予感を覚え、エリアスルードは立ち上がった。

「とりいそぎ、総団長に報告してくる。何よりも優先されるべきは透湖の安全だ。総本部の警備はもちろん、場合によっては街全体の警備を強化する必要があるかもしれない」

＊　＊　＊

透湖が着替えをすませ、ミリヤムと一緒に待ち合わせ場所である総本部の正門へ向かうと、エリアスルードが難しい顔で立っていた。何か考え事をしているのか、まだ透湖たちに気づいていない。

「何か浮かない顔をしているわね、どうしたのかしら？」

ミリヤムが首を傾げる。

「中庭で別れた時は普通だったけど……あれから何か問題でも起きたのかな？」

疑問に思いながら透湖はエリアスルードに声をかけた。

「エリアスルードさん、お待たせしてすみません」

エリアスルードはハッと我に返り、透湖の顔——というより着ぐるみの頭を見て、とっさに剣の柄《つか》に手をかけた。が、自分が無意識に何をしようとしているのかに気づき、バツが悪そうに手を下ろす。

「す、すまない。考え事をしていて……その……」

「ちょっとちょっと、エリアスルード。いくら考え事をしていたからって、人の顔を見るなり剣を抜こうとしないでちょうだい。だいたいあなた、いつになったら慣れるのよ。透湖が来て、もう三か月も経つのよ？」

心底呆れたように文句を言ったのはミリヤムだ。エリアスルードはたじたじになる。

「すまない。……とっさに、その……」

「あー、ミリヤム。大丈夫よ、気にしていないから」

透湖はミリヤムを宥《なだ》めるように言うと、エリアスルードにパタパタと手を振った。

「エリアスルードさんも気にしないで。悪気があってやってるわけじゃないって分かっているから」

「もう、透湖ったら甘いんだから」

ミリヤムは、むぅーと口を尖《とが》らせる。

「透湖……本当にすまない」

頭を下げるエリアスルードに、透湖は再び手を振る。まったく気にしていないと示すために。

「いいんです。私は気にしていないので」

本音を言えば、気にしていないわけではない。何しろエリアスルードは今のように不意打ちで透湖に会うと、「マゴスの幼体！」と叫び、とっさに剣を抜こうとするのだ。実際に抜いたことはないが、つい身体が反応してしまうらしい。

いわゆる条件反射というやつだ。

気になっている男性が自分を見るたびに剣を抜きそうになるのだから、透湖だって傷つかないわけではない。だが、同時に仕方がないとも思っていた。

だって彼は「マゴスレイヤー」とまで呼ばれる人物だ。魔獣及びマゴスの討伐を目的として結成された騎竜隊のリーダーで、幼い頃からマゴスを倒すために剣と魔法の腕を磨いてきた人なのである。

――マゴスの幼体に似ているんだから、とっさに身体が反応してしまうのは仕方ないことだわ。

それに……

にへらと透湖は着ぐるみの中で笑う。

――普段のきりっとした表情を一変させて、シュンとなるこの表情がたまらないのよね！

女性には礼儀正しくもクールに接するエリアスルードが、こんな表情を浮かべるのは、透湖に対してだけだろう。

そのギャップに萌えると同時に優越感を覚える、というのが透湖が寛大になれる最大の要因だ。

そんな透湖の気持ちをよく知っているミリヤムは、呆れたような視線をちらりと向けたあと、ため息をついて言う。

「まぁいいわ。本人がいいならそれで。さ、さっさと買い物に行きましょう。品質のいい魔法石は店頭に並んだ端《はし》から、すぐに売れてしまうんだから」

「そうだな。急ごう」

三人は正門を抜けて、街の広場に出た。国境警備団の総本部は旧市街の中心――つまりセノウの街の中心に建てられている。これはこの街が国境警備団の本拠地として始まったことを意味していた。兵士だけでなく一般市民も住むようになってからは、面積が広がり人口も増えて一つの街として認識されているが、やはりセノウの中心が国境警備団なのは変わっていない。

正門の前に広がる広場から、旧市街と新市街を分ける内壁までは、大きな通りが続いている。これがセノウのメインストリートで、通りの両脇には店がずらりと並び、いつでも買い物客でにぎわっていた。

透湖がミリヤムとよく買い物をするのもこの辺りで、顔馴染《なじ》みになっている店も多い。だが、今回の目的である魔法石はメインストリートではほとんど扱われていない。

エリアスルードは新市街にあるという魔法石専門の問屋街に透湖たちを連れていってくれた。

「ここは……」

案内された通りを見て、透湖は目を瞬《しばた》かせる。最初この世界に迷い込んだ時にうろうろしていた、あの場所だったのだ。

「あの時は誰もいなくて、ゴーストタウンかと思ってたのに……」

ところが今は嘘のように人が大勢行き交い、通りの両脇にある店もちゃんと開店してにぎわいを見せている。

「ああ、あの日はね、セノウの魔法石組合が定める休息日だったんだ」

くすっと笑いながらエリアスルードが説明する。

この辺りは山から切り出された魔法石を加工する工場や、石に魔法を込める専門の魔法使い、そうしてできた石を売る店が集まって一大問屋街を形成している。魔法石を求めてファンデロー中から商人が集まってくる場所で、普段はにぎわいが絶えないのだという。

ただし、人が多く集まり、商取引が活発になると、粗悪な品を売る店が出てきて問題になった。そこで一定の品質を保つため、百年ほど前に組合《ギルド》が作られ、粗悪な店や業者を取り締まるようになったのだ。

「組合に入っていない店は商売ができないことになっている。きちんと入って許可が下りても、組合による定期的な検査が行《おこな》われて、粗悪な品物を扱っていないかチェックされる。そうすることで、セノウで取引される魔法石の品質は確かなものだという信頼を保ってきたんだ。また魔法石組合は、一定の品質を保つためには労働時間の制限も必要だと考え、週に一度、すべての作業や取引を禁じる休息日をもうけた。この日だけは店を開けることはおろか、あらゆる取引が停止され、工場も稼働しないんだ。個人で請け負っている魔法使いは、こっそり家の中で仕事をしているかもしれないが、表立って営業することは許されていない。魔法石に関わるすべての人間が、この日だけは休めるようにと配慮されている」

「なるほど、だからゴーストタウンみたいに静まり返っていたのね」

透湖は、ぽんっと両手を打った。

「君は色々な意味で運がよかったと思う。でなければ、あの日ここは大混乱になっていただろう」

「そうね。その通りだわ」

透湖も激しく同意した。今日のような人通りがあるところへマゴスの幼体にそっくりな透湖が現れたとしたら、どれほど大騒ぎになったことか。それどころか市民の安全のために、問答無用で攻撃されていたかもしれないのだ。

――エリアスルードさんの言う通り、色々な意味で私は運がよかったんだわ。

そこらを歩く商人や市民が、透湖を興味深げに見ながら通り過ぎる。店の中から顔を出して、わざわざ透湖を見に来る人もいた。もっとも、被り物を見てパニックになっていないところを見ると、透湖の素性はすでに分かっているのだろう。

「もしやあれが……」

「『来訪者』のようだな」

こそこそと、そんな会話を交わしている者もいた。透湖にとっては、もはや日常茶飯事《にちじょうさはんじ》になっている。ミリヤムも同じであるようで、特に気にすることもなくエリアスルードを振り返る。

「エリアスルード、どの店で買い物をするつもりなの？」

「ひとまずセゴの店に行こうと思っている。大きな店の方がいいだろう」

「そうね。じゃあ、セゴの店にしましょう」

どういう店なのか分からない透湖はミリヤムとエリアスルードの後に続いた。しばらく通りを歩くと、二人は周囲よりも一際《ひときわ》大きな店の前で足を止める。ショーウィンドウの内側には魔法石が飾られていて、いくつもの石がキラキラと輝いていた。

――すごい綺麗……

この三か月の間に、魔法石が日常生活で使われているのは何度も見てきたが、これほどたくさんの石が集まっているのを見るのは初めてだ。

透湖がショーウィンドウに目を奪われていると、突然ミリヤムが言った。

「この店はやめておきましょう」

ガラス戸を開けて店に入ろうとしていたミリヤムは、くるっと踵《きびす》を返す。

「中に顔を合わせたくない人がいるわ。別の店にしましょう」

「顔を合わせたくない人？」

目を見張るエリアスルードに、ミリヤムは意味ありげに告げた。

「フィデル辺境伯のところのクラウディアよ。あなたも会いたくないでしょう、エリアスルード？」

とたんにエリアスルードの表情が曇り、彼は不承不承《ふしょうぶしょう》頷《うなず》いた。

「そうだな。できれば顔を合わせたくない。二番目に大きなチャーチの店にしよう」

「え？　なになに？　中にいる人は、二人がそんなに会いたくない人なの？」

興味がわいてガラスの扉を覗き込むと、店の中には水色のドレスに茶色の髪をした綺麗な女性がいた。侍女や護衛と思われる男女を五、六人従えている。彼らの前には店の主人らしき男性がいて、恐縮したようにヘコヘコと頭を下げていた。

――うん、なんとなく会いたくない理由が分かる。

中の雰囲気から察し、透湖はそっと目を逸《そ》らした。何を言っているのかは聞こえなかったが、茶色の髪をした美人が威丈高《いたけだか》な態度をとっているように見えたのだ。

店の前から離れながら、ミリヤムが透湖に説明する。

「あの人はセノウに一番近い領地を持つフィデル辺境伯の一人娘で、クラウディアというの」

セノウの街を含む山岳地帯は王族の直轄地《ちょっかつち》だが、少し南に下った一帯はフィデル辺境伯の領地になっているという。

「北部は魔法石を除けばこれといった特産品もなく、辺境伯とはいえフィデル家の序列は貴族の中でも下の方よ。ただ、今の当主が商売上手な人で、セノウから買い付けた魔法石を独自に加工して儲《もう》けているの。だからこの周辺の貴族の中では、まぁ裕福な方ね」

ミリヤムはさらに説明を続ける。

「クラウディアはそんなフィデル辺境伯の一人娘で、それは我がまま放題に育てられたそうよ。セノウの街に来ても威張り散らしているから評判はよくないわ。同じ貴族令嬢だけど、私も会えば敵意を向けられて嫌味を言われるの。もちろん、返り討ちにしているけど」

さらりと言うと、ミリヤムはエリアスルードの方にちらっと視線を向けた。

「クラウディアはこのエリアスルードにすごくご執心《しゅうしん》でね。少し前までしょっちゅうセノウに来てはエリアスルードを追いかけていたわ。さすがにマゴスがミゼルの砦《とりで》に襲来するようになってからは足が遠のいているけど、その代わり、何かというとフィデル辺境伯の名前を使って彼を呼び出そうとしているの」

「……それはいつも断っている。マゴスの襲撃がいつあるか分からないからな」

顔をしかめながらエリアスルードは答える。その様子を見るに、よほど迷惑しているのだろう。

「透湖も気をつけてね。私が彼女に敵意を向けられているのは、エリアスルードと近しいからでもあるの。こうして一緒に歩いているところを見られたら、透湖も彼女の標的になるでしょうよ」

「ちょ、脅《おど》かさないでよ、ミリヤム」

「脅《おど》しじゃないわ。一応、心構えはしておいた方がいいっていう、お姉さんからの忠告よ。……あ、いけない。私の方が妹だったっけ」

ミリヤムは口元を押さえたが、顔が笑っているし、その動作もとてもわざとらしかった。どうあっても透湖を妹扱いしたいらしい。

実際、外見もミリヤムの方が年上に見えるし、何かと教わる一方の透湖はお姉さんぶるわけにもいかず、非常に複雑な心境だった。

「さて、クラウディアに見つからないうちに、さっさとチャーチの店に移動しましょう」

「そうだな」

よほど会いたくないのか、エリアスルードの足がいくぶんか速くなった。ミリヤムも同じだ。二人ほど足が長くない透湖は、早歩きでついていくのがやっとだった。

幸いにもチャーチの店は、クラウディアのいるセゴの店からそれほど離れていなかった。

セゴの店よりは小さいが、それでも他の店に比べて広い売り場面積を持つ店に入ると、透湖はすぐさま虹色に煌《きら》めく石たちに視線を奪われた。

ガラスケースに整然と並べられた様々な石は、まるで宝石のようだ。

――展示の仕方も宝石屋さんみたい……

この時の透湖は知らなかったが、魔法石組合の立ち上げには、当時ファンデロー国にいた「来訪者」が深く関わっていた。商品の管理の仕方や展示方法などは「来訪者」がもともといた世界のものを参考にしているという。

――絶対同じ世界の出身だ……！

と透湖は確信するのだが、それはもっと後の話である。

店の中を物珍しそうに眺めていると、奥から上品な髭《ひげ》を生やした年配の男性が現れる。

「いらっしゃいませ、アージェス様、ミリヤムお嬢様、それに……」

男性の目が透湖に向けられ、一瞬だけ驚いたように見開かれた。だが、彼はすぐににこやかな笑みを浮かべて驚きを隠した。

「『来訪者』のトーコ様ですね。よくいらっしゃいました。私は店主のチャーチです。私の店では魔法効果が付加されている石も、何も付加されていない純魔法石も、両方取り揃えております。どうかゆっくり見ていってくださいな」

「ありがとうございます」

気持ちのいい対応に、透湖は笑みを浮かべながらあちこちを見回した。

一方、エリアスルードはよそ見をすることなく、店主に目的を告げる。

「彼女が身に着けられる石が欲しいんだ。魔法はこちらで付加するから、何の効果もついてない純魔法石がいい。……そうだな、ネックレスに加工できるような形がいいかもしれない」

店主は心得たとばかりに頷《うなず》きながら、ショーケースの中から木箱を取り出す。透湖が首を伸ばして見てみると、箱の中には様々な形の石が綺麗に並べられていた。

「こちらは昨日納品されたばかりの石です。魔法は付加されていませんが、すでに職人が宝飾品のように形を整えてくれているので、金具を取り付ければすぐに使用可能です。気に入ったものを選んでいただければ、金具はサービスでお付けしますよ」

「そうだな……」

言いながらエリアスルードは、指で一つ一つの石に触れていく。ミリヤムが透湖にこっそり耳打ちした。

「ああして触れて、自分の魔力と相性がいい石かどうか確かめていくの。相性が悪いと壊れやすくなってしまうから」

しばらくしてエリアスルードが手に取ったのは、涙形をした大きな石だった。

「これがいいかな。透湖、どう思う？」

エリアスルードの手のひらにのっている石は半透明で、店内を明るく照らすランプの光を反射して、キラキラと虹色に輝いていた。

「すごく……綺麗……」

透湖の知るオパールに近い感じだ。見る角度によって様々な色の光を反射する。けれど、乳白色のオパールより透明度が高く、放つ光ももっと強い。透湖の世界では決して見られない石だ。

魔法石は魔法を付加されると、その魔法の種類によってほんのり内部が色づくという。魔法を使いきってしまえばただの半透明に戻り、また別の魔法を付加することが可能になるらしい。

「気に入った？　じゃあ、これにしよう」

エリアスルードは即決すると、店主に言った。

「服の中に隠れるように、長めの鎖をつけてくれないか」

「はい、承知いたしました。鎖はどれがいいでしょうか」

店主は金銀に輝く鎖が入った木箱を取り出し、エリアスルードの前に置く。

今日の買い物の目的が分かっているので、口を出さずに大人しく見守っていた透湖だが、二人のやりとりを聞いてどんどん心配になってきた。

――エリアスルードさん、さっきから全然値段を聞かないし、値札を見てもいないようだけど、大丈夫なのかしら？　私に払える額で収まるものなの？

無一文でこの世界に落ちてきた透湖だが、最近になってセルヴェスタンからお小遣いをもらうようになっていた。衣食住をお世話になっている上に、お小遣いまでもらうわけにはいかないと、さすがに最初は辞退した。だが、ミリヤムによると「お小遣い」と言ってはいるが、実際は報奨金のようなものだという。

『それは透湖の労働に対する正当な報酬よ。受け取っておきなさいな。あっても邪魔なものじゃないんだし、お金があれば買い物も気兼ねなくできるでしょう？』

ミリヤムにそう言われれば、受け取らないわけにはいかなかった。それに、今まで買い物に出かけても、お金はミリヤムに出してもらっていたから、心苦しく感じていたのだ。

透湖はありがたく頂戴《ちょうだい》した。今日の魔法石も当然、自分でお金を出すつもりだった。ところが値の張りそうな石を見て心配になり、予算内で収まるかどんどん不安になってくる。

――オパールってものすごく高いんだよね。魔法石は貴重なものだというし、きっとあの石もべらぼうに高いに違いない。

「ね、ねぇ、あの石高いんでしょ？　私に払えるかしら？」

こっそりミリヤムに尋ねると、彼女は一瞬だけ目を丸くし、そのあと噴き出した。

「いやだわ、透湖ったら。何を心配しているのかと思ったら。透湖に払わせるわけないでしょ！　お金を出すのはエリアスルードよ」

その言葉に透湖は仰天《ぎょうてん》した。今まで恋人もいたことがない透湖にとって、自分の装飾品に他人がお金を出してくれるなど想像もできなかったのだ。

「え？　だ、だって、私が身に着けるものでしょ？　私が払わなくてどうするの？」

二人のやりとりに気づいたエリアスルードが鎖の箱から顔を上げた。

「透湖、ここは俺が払うから心配いらない」

「え？　で、でも……」

「いや、払わせてほしい。君がしてくれていることを思えば、魔法石一つですませることなど、とてもできないほどだ。君の部屋いっぱいに飾れるくらい集めても足りないだろう」

「やだなぁ、大げさですってば」

――だって、私は「目からビーム」とか「口から炎」とか言ってるだけだし！

けれど、エリアスルードは本気のようだし、ミリヤムも当然だという顔をしていた。おまけに店主まで口を挟んでくる。

「トーコ様のおかげで商人たちの取引も例年並みに戻ってきています。数年は壊滅状態だろうと覚悟していたので、みなトーコ様に感謝しておりますよ。そのトーコ様が身に着ける石となれば、お代などとてもいただけません。そんなことをしたら恩知らずだと組合に怒られてしまう」

暗に透湖がお金を出すなら受け取らないとまで言われてしまい、もはやエリアスルードの厚意に甘えるしかなかった。

彼が鎖を選び、店主に金具を取り付けてもらう間、透湖とミリヤムは店の商品を見させてもらうことにした。

「石はいくつあったっていいんだから、気に入ったものがあれば買って身に着けておくといいわよ」

そう言われて透湖が真っ先に向かったのは、ガラスのショーケースではなく、籐《とう》の籠《かご》にこんもり盛られた小さな石の山だった。紐《ひも》がついているところを見ると、ストラップのように括《くく》り付けて使うものらしい。

「加工した時に出るかけらの部分——まぁ、要するに余った半端な石に紐《ひも》をつけてあるようね。魔法を入れても数回使ったら壊れてしまうかもしれないわよ？」

石は小指の爪ほどもない大きさで、形もバラバラだ。いかにも残り物の再利用という感じだが、透湖にとってはその方が気楽に使える。

「構わないわ。透明ってことは、まだ魔法は入っていないわけよね？」

その中の一つを摘《つま》み上げ、目の前にかざしてじっと見つめる。その時、つと横から伸びてきた手が、透湖の指から石をさっと取り上げた。

「ふうーん。小さいけれど、この値段にしてはなかなか品質がいいんじゃないかな？」

透湖から石を奪い取った人物は、自分の顔の前で紐《ひも》をぶらぶらさせている。透湖はびっくりして、いつの間にか近くにいたその人を見上げた。

銀色の長い髪に、紫色の目。顔だちは優美で、髪や目の色もあいまって非常にキラキラしい容貌の男だ。白いローブを身に着けていて、それは街の魔法使いたちが着ているものとよく似ていた。

ただし、男が身に着けているローブの方がはるかに質がよく、装飾品も付けられていて豪華だ。

「あら、あなたは……」

ミリヤムが目を見開く。どうやら彼を知っているようだ。けれど、透湖が知り合いかと尋ねる前に、エリアスルードの驚いたような声が響き渡った。

「リースファリド!?」

その名前に透湖は聞き覚えがあった。

――確かリースファリドって、エリアスルードさんの幼馴染《おさななじみ》で魔法使いだっていう人の名前……

目の前の男の容姿が、以前エリアスルードから聞いた「幼馴染《おさななじみ》の魔法使い」の特徴と重なる。

「も、も、も、もしかして、あなたが王宮付き魔法使いの――」

男は透湖の顔を見てにっこり笑った。

「僕はリースファリド・トルーディ。魔法使いだ。君が『来訪者』の梶原透湖だね？　これからよろしく。……色々とね」

紫色の瞳が楽しそうに煌《きら》めいている。

――あ、今私、この人におもちゃ認定された気がする……？

魔法石に負けず劣らずキラキラと輝く瞳を呆然と見つめ返しながら、透湖は波乱の予感に背筋を震わせるのだった。

第六章　「来訪者」

「本当に変わったものを被っているんだ。面白いなぁ」

銀髪の美形――リースファリドは透湖の顔……というより着ぐるみの頭部をしげしげと見つめながら、怪獣の頬のあたりをつんつん突っつく。

最初は試すように触れていたのが、指でぐいぐいと押すようになるまで、それほど時間はかからなかった。

「あはは、よりにもよってマゴスと似たデザインとか、笑えるね」

――オイオイ。

透湖は胡乱《うろん》げな目でリースファリドを見つめる。

着ぐるみのおかげで痛みはまったくないが、突然乙女の顔に触れた挙句《あげく》、ぐいぐい強めに押すなど失礼にもほどがあろう。……乙女の顔じゃなくて怪獣の顔だとしても。

「いきなり何するんですか」

「おい！　リースファリド、失礼だぞ、やめないか！」

エリアスルードが慌ててやってきて、リースファリドの腕を掴んだ。魔力のない透湖は気づかなかったが、リースファリドは透湖を突っつきながら、魔法で彼女のことを探っていたのだ。

「だいたいお前、いつここへ来たんだ？　帰国したのでこれからセノウに向かうという内容の手紙を、今日受け取ったばかりだぞ？」

「手紙を出したその足でセノウに向けて出発したんだ。同日に着いてもおかしくないね」

リースファリドは悪びれずに言った。その手には、いつの間にか杖が握られている。ゲームで魔物が持つ杖のように木でできた、いかにも魔法使いが持っていそうな杖だった。

――もしかして、あそこから魔法でも飛び出すのかな？

つい今しがたリースファリドを失礼な人だと感じていたのに、そのことも忘れて透湖はワクワクしてしまった。

「セノウに着いたのはついさっきのことだ。国境警備団の総本部に行ったんだけど、すれ違いで君は『来訪者』と買い物に出かけたというじゃないか。戻ってくるのを待っててもよかったけど、待ちきれなくてね。それで君の魔力をたどってここへ足を運んだわけだ」

トントンと杖で自分の肩を叩きながらリースファリドは説明する。

「待ちきれなかったのは俺じゃなくて、透湖に会うことだろう？」

「当然」

にやりと笑うと、リースファリドは透湖に視線を向ける。

「いや、本当に『来訪者』というのは興味が尽きないね。彼女、魔力は皆無《かいむ》だし、被り物からもなんの力も感じないのに、マゴス相手にはすごい威力を発揮するんだろう？　いやはや、僕の常識ではありえないことをやってのけるんだから、面白いよ」

透湖を見つめる紫色の目がキラキラと輝いている。

「謎のエネルギーには限界があるのか。それとも彼女の意識がある限り戦い続けられるのか。もし魔法で負荷《ふか》をかけたらどうなるのか、とか実験したいね。とても興味がある」

――魔法で負荷《ふか》って何をするつもりなのかしら？

何にしろ碌《ろく》なことにはならない気がして、じりじりと透湖は後ろに下がる。完全に実験動物を見るような視線から彼女を守ったのは、今度もエリアスルードだった。彼は透湖とリースファリドの間にさっと立ちふさがり、鋭い声で言った。

「いい加減にしろ。透湖に負担がかかるようなことは絶対にさせないからな」

「やだなぁ、冗談だよ。マゴスを退治できる貴重な相手に負担をかけるようなことを僕がするわけないだろう？」

リースファリドは笑った。けれど、透湖は思う。あれは絶対に本気だったと。

「ね、ねぇ、ミリヤム。あの人って、絶対変だよね？」

先ほどから傍観《ぼうかん》しているミリヤムに小さな声で尋ねる。ミリヤムはリースファリドをちらりと見て、やれやれとばかりに頷《うなず》いた。

「ええ。リースファリドは変わってるのよ。魔法使いを多く輩出《はいしゅつ》している伯爵家の三男で、幼い頃から魔法の天才と言われていたらしいわ。周囲の期待通り、最年少で王宮付き魔法使いの一員になったのはいいけれど、あの通り飄々《ひょうひょう》としていて適当すぎる性格なものだから、今もきっと周りに迷惑をかけているはずよ」

「よく知っているわね、ミリヤム」

感心する透湖にミリヤムは肩を竦《すく》めた。

「同じく伯爵家の三男であるセルディと、侯爵家の四男であるエリアスルードとは幼馴染《おさななじみ》の関係で、三人揃ってお父様のところに剣を習いに来ていたの。あの三人は昔からああいう感じよ。少年時代も他人の迷惑を顧《かえり》みず妙なことを思いついて実行するのがリースファリド。エリアスルードがそれに気づいてやめさせて、セルディが後始末に奔走《ほんそう》する。そんな感じだったわ」

「わぁ、目に浮かぶようだわ」

思わず透湖は苦笑した。その光景がありありと目に浮かぶ。

セルヴェスタンもある意味自由人だが、彼の場合は自分で決めた一線から逸脱《いつだつ》することはない。けれどリースファリドの場合は他人の迷惑を一顧《いっこ》だにせず、我が道をゆくのだろう。

「アージェス様、金具と鎖をつけ終わりましたが……」

店の奥に引っ込んでいた店主が戻ってきて遠慮がちに声をかける。リースファリドに小言を言おうとしていたエリアスルードだったが、小さくため息をつき、店主から石のついたペンダントを受け取る。

「ありがとう、チャーチ。今ここで魔法を入れるから、そのまま身に着けて帰っても構わないかい？」

「はい。もちろん構いませんとも」

「ありがとう」

エリアスルードはペンダントを右手の手のひらに握りしめると、小さな声で言った。

「水よ、形となりて姿を現せ《水の輪《アクア・リング》》」

すると、言い終わるか終わらないかのうちに、握りしめた手の上に小さな水の輪のようなものが現れる。その輪はエリアスルードの手の中に吸い込まれるようにして消えていった。

「できた」

エリアスルードが握った手を開くと、さっきまで半透明だった石がほんのり水色に染まっていた。きっと今エリアスルードが口にしていた言葉は、魔法の呪文だったのだろう。

「これ……もう魔法が中に入っているの？」

魔法を封じ込めた石は色が変わると聞いてはいたが、その変化を実際に見ても、石の中に魔法が入ってしまうという現象は透湖にとって不思議でたまらなかった。

「ああ。火と迷ったんだが、水の魔法にしておいた。君の身に危険が迫った場合は自動的に発動するようにしてあるが、任意で使うこともできる。その場合は石を握りながらこう言うんだ。『水の輪よ、出《い》でよ』と。何かあったら遠慮なく使ってくれ」

「はい。ありがとうございます、エリアスルードさん」

――「水の輪よ、出《い》でよ」ね。覚えておかなくちゃ！

――さっきの呪文もそうだけど、魔法の詠唱ってすごくカッコイイわよね。私も「目からビーム」なんてダサい言葉じゃなくて、カッコイイ必殺技名をつけるべきかもしれない。

そんなことを考えていたせいか、エリアスルードが鎖の留め金を外していることに気づくのが遅れた。気づいた時には彼が目の前にいて、うなじに手が回されていた。

――あ、ああ、そうか。ペンダントをつけようとしてくれているのね。

エリアスルードに他意はないだろうが、異性に免疫がない透湖にとってはドキドキものである。気のせいだろうか、頬が熱い。

その時、耳の後ろで小さくパチンという音が聞こえた。普通、着ぐるみ越しだと外の音は多少くぐもって聞こえるものだが、これもチート力の一つなのか、目も耳も問題なく見えるし聞こえる。きっと今のはペンダントの留め金がとまった音なのだろう。うなじからエリアスルードの手がすっと離れていった。

エリアスルードは後ろに下がり、透湖の胸元を見て頷《うなず》く。

「うん、鎖の長さもちょうどいいようだな」

水の魔法が入った涙形の石は、透湖のワンピースの胸の谷間にちょこんと収まっていた。服の中に入れてしまえば石が隠れる長さで、逆に装飾品として出しておくにもちょうどいい長さだ。

「似合っているわよ、透湖。そうだ。せっかくだから、明日からの服のコーディネイトはその魔法石に合わせましょう。腕が鳴るわね！」

ミリヤムが嬉しそうに笑いながら、両手を胸の前でパチンと合わせる。すでにワードローブに入ったワンピースをあれこれ思い浮かべているのだろう。

透湖は苦笑しつつ、胸のペンダントにそっと触れる。

家族以外から宝飾品を贈られるなんて生まれて初めてのことだった。

――恥ずかしいけど、すごく嬉しい！

「ありがとうございます、エリアスルードさん。大切にしますね」

心からの礼を言いながら見上げると、エリアスルードは微笑んだ。

「その石が君の身を守ってくれるように願っているよ」

＊　＊　＊

二人の様子を店のガラス戸の前で偶然目撃していた者がいた。

フィデル辺境伯の娘クラウディアだ。セゴの店を後にした彼女はチャーチの店に入ろうとしたその時、ちょうど見てしまったのだ。意中の男性が見知らぬ女性に首飾りを贈り、自《みずか》らの手で首にかけているところを。

そして見つめ合って微笑む男女。

その片方がたとえ変な被り物をしていたとしても、到底看過《かんか》できるものではなかった。

「なんなのです……あの変な女は！」

クラウディアは怒りのあまりぶるぶると震えた。主《あるじ》の怒りに、侍女が少し怯《おび》えながら答える。

「お、おそらく『来訪者』でしょう。マゴスの幼体に似た被り物をしているという噂を聞いたことがありますから」

「『来訪者』？　あれが？　ずいぶん奇妙な姿をしているのね」

「ですが、『来訪者』が来てからマゴスの犠牲になる人間はだいぶ減ったと聞いております。それで街の者たちは、すっかり英雄視しているのだとか」

「英雄ですって？　ふん、どこの馬の骨とも分からない『来訪者』が英雄などおこがましい。英雄というのはエリアスルード様のような方のことを言うのよ。それ以前に、貴族たるエリアスルード様に近づくなんて許しがたいわ。すぐにあの者を排除しなくては！」

クラウディアは店の扉の取っ手に手をかける。それを止めたのは護衛の男性だった。彼は「来訪者」の後見人になっているのが国境警備団の総団長セルヴェスタンだということを知っていた。もし「来訪者」に喧嘩《けんか》を売ったら、彼女を英雄視する街の住人だけでなく、セルヴェスタンをも敵に回すことになるだろう。

「お待ちください、クラウディアお嬢様。ここで騒ぎを起こしては、セノウでのお父上の評判が悪くなってしまいます。お嬢様もエリアスルード様の前で『来訪者』を排除しようとしたら、あの方にどう思われるか分かりません」

「……それもそうね」

しぶしぶ取っ手から手を離し、踵《きびす》を返すクラウディア。侍女や護衛の男たちが慌てて後に続いた。

「屋敷に帰りますわよ。……まったく、頼んでおいた魔法石の加工もまだ終わっていないというし、とんだ骨折り損だったわ」

クラウディアがセゴの店に依頼した加工は、非常に手間と時間のかかるものだった。指定した日より前に仕上がることはないと念を押されていたにもかかわらず、「もうそろそろできているだろう」という思い込みで引き取りに来た……というのが真相だ。

当然、石はまだできていなかった。それなのに、クラウディアは自分が悪いとは少しも考えておらず、店主を責め立てて憤慨《ふんがい》しながら店を出てきたのだ。

「ここがお父様の領地だったら、すぐさまセゴの店を潰《つぶ》しただろうし、あの『来訪者』も簡単に排除できたでしょうに」

甘やかされて育ったクラウディアにとって、貴族令嬢である自分の命令は絶対で、平民は無条件に従わなければならないものだった。

「エリアスルード様はわたくしのものよ。絶対にあの『来訪者』なんかには渡さないわ。絶対に」

＊＊＊

一方、透湖はクラウディアに目を付けられたことなど知る由《よし》もなく、国境警備団の総本部に戻ると、セルヴェスタンの執務室に向かった。改めてリースファリドと話をするためだ。

セルヴェスタンの執務室には、部屋の主であるセルヴェスタンの他にエリアスルードもいた。それに仕事がようやく終わったセルディも来ていて、リースファリドと何やら言い合いをしている。

「ったく、予告の意味もないほど突然来るものだから、こっちはなんの準備もしていないぞ。宿の手配とかどうするんだ？」

セルディが不機嫌そうにリースファリドに尋ねている。一方、応接用のソファでふんぞり返っているリースファリドは事もなげに答えた。

「ああ、セルディの部屋でいいよ」

「ふざけんな！　用がすんだらとっとと王宮に帰りやがれ！」

唾《つば》を飛ばす勢いでセルディが怒鳴りつける。幼馴染《おさななじみ》なだけあって、彼らの間には遠慮がないようだ。

セルヴェスタンは笑って傍観《ぼうかん》しているだけで、どうしたらいいか分からず透湖は途方にくれた。

リースファリドがセルディをまるっと無視して透湖に声をかける。

「来たね、透湖。空いているところに座るといい。『来訪者』研究の第一人者である僕に聞きたいことが山ほどあるんだろう？」

「え？　あ、はい」

突然話を振られた透湖は、ローテーブルを挟んで向かいのソファに慌てて腰を下ろし、姿勢を正した。

一番先に尋ねたいことはもう決まっている。

「リースファリドさん、私は元の世界に戻ることができるんでしょうか？　……いえ、聞き方を変えます。今までこの世界に訪れた『来訪者』の中で、元の世界に戻ることができた人はいるんですか？」

少し間を置いてから、リースファリドは慎重に言葉を選んで答えた。

「……うーん、そのことについては、正直に言えばよく分からないというのが実情だ」

「よく分からない？」

「ファンデローに現れた『来訪者』の大部分は、この地に骨をうずめている。それはおそらく元の世界に戻る方法が分からなかったからだろう。だが一方で、マゴスの繁殖期が終わった後、姿を消して行方不明になった者もいる。どこかで人知れず亡くなったのかもしれないが、あるいは元の世界に戻る方法を見つけて帰ったのかもしれない。実際に二百五十年前トランザム国に現れた『来訪者』は、元の世界に戻ると言い残して姿を消したそうだ。だから、戻れる可能性もないわけじゃないと僕は思っている」

──帰れる可能性は低いけれど、皆無《かいむ》ではないというわけね。

希望の持てる答えではなかったが、完全に道を断たれたわけではないのだと、透湖は自分に言い聞かせた。

「その、トランザムからいなくなった『来訪者』は、何も手がかりを残さなかったんですか？」

「ああ、リサール女史によれば、手がかりになるようなものは何も残していないらしい。あ、リサール女史というのはトランザムの筆頭魔法使いのおばさ……ごほん、女性だ。十年前にトランザムの筆頭の座についてから、色々と改革を推し進めて成功させている、やり手の女性さ。トランザムに会議で行ったついでに『来訪者』のことを尋ねたら、条件付きで資料を見せてくれたよ」

「条件付きで？」

「ああ、まぁ簡単に言えば、彼女の視察に付き合うってことだったんだけどね。話を元に戻すけれど、トランザムの資料を読んで分かったことがある。……いや、分かったというより僕の仮説が裏付けられたと言うべきかな？」

「仮説？　どういう仮説ですか？」

透湖が身を乗り出して尋ねると、リースファリドは急に含み笑いを漏らした。

「仮説を言う前に、君に少し尋ねたいことがある。透湖、君は日本という名の国からやってきたね？」

「え？　あ、はい。そうです」

「こちらの世界に落ちてきたのは君たちの暦《こよみ》で何年だったか、年号……いや、セイレキとやらで答えてもらえるかい？」

――セイレキ？　西暦のこと？

「に、二〇一八年ですけど……？」

「この世界に来た時の状況を説明してもらえる？」

「あ、はい」

ヒーローショーの舞台に立っている時に、強い光を感じて目を閉じたこと。次に目を開けた時にはセノウの新市街にいたことを、透湖は説明した。

「では最後の質問だ。君、親や兄弟もいない、いわゆる天涯孤独の身だろう？」

「……おいおい、今さら再確認などしなくてもいいんじゃないか？」

セルヴェスタンが口を挟む。

「その辺のことは王宮に提出した透湖の調査書に書いてあっただろう？」

「僕はセルヴェスタン総団長が王宮に提出した調査書をまだ読んでいないよ。帰国してすぐこっちに向かったからね。そして今透湖に尋ねたことこそ『来訪者』に見られる共通点なんだ。少なくともトランザムとファンデローに現れた『来訪者』は、みな同じ世界からやってきているようだ。同じ世界の――日本、という国から」

「え？　日本、から？」

透湖は目を見開く。

「今までの『来訪者』が、みんな日本から来ていたってこと……？」

「そうだ。『来訪者』は年齢も性別もバラバラだが、日本という国からこの世界に落ちてきている。たとえば六百年前、最初に確認された『来訪者』であるレイイチ・アズミは、日本のトウキョーというところに住んでいたようだ。彼は調査に対し、彼らの暦《こよみ》でセイレキ二〇二〇年のことだったと答えている」

その事実を知るのはエリアスルードたちも初めてらしく、彼らは一様に驚いていた。

「まさか、全員同じ場所から来ていたとは……」

——レイイチ・アズミ……アズミレイイチ？　完全に日本人の名前だ。でも……

混乱しながら透湖は尋ねる。

「二〇二〇年って言いました!?　じゃあ二年後ってこと……？」

これが六百年前の西暦一四一八年だったら、これほど驚かなかっただろう。自分よりはるか昔に異世界へやってきた人間が、数年先の未来からやってきていたことは、透湖にとって何よりも意外な事実だった。

——こっちの世界と元の世界の時系列は同じじゃないってことよね。うう、混乱してきた……

「暦《こよみ》の件は『来訪者』研究においても、もっとも不可解な点でね。このせいで長い間『来訪者』の世界は同一のものではなく異なる世界なのだと解釈されていた。でも、こちらと向こうの時間の流れがバラバラ……つまり時系列が意味をなさないのだと思い至れば納得できることだ。そして『来訪者』たちの答えはセイレキ二〇一〇年から、二〇二〇年の約十年間に集中している」

「西暦二〇一〇年から二〇二〇年の間……」

その十年間に、日本から何人もの人間がこちらに落ちてきていたということになる。

周囲の驚きをよそに、リースファリドは続けた。

「もう一つの共通点が、元の世界に親や兄弟もいない天涯孤独の身だということだ。……君もそうなんだろう、透湖？」

「……ええ。一応親戚はいますが……両親は二年前に事故で亡くなっていて……私は一人で……」

透湖は呆然としながら答える。そのため、セルヴェスタンたちが痛ましそうな目で自分を見ていることに気づいていなかった。彼らは透湖の両親が亡くなっていることを知ってはいても、ほぼ天涯孤独というのは知らなかったのだ。

「辛いことを言わせて悪かったね、透湖」

さすがのリースファリドも悪いと思ったのか、気遣うように言った。透湖は首を横に振る。

「いいえ、もう二年も前のことですから。それよりも、その共通点は一体何を意味するんでしょうか？」

「来訪者」全員が日本人で、この十年の間に時系列ランダムでこちらの世界にトリップしていて、しかも天涯孤独かそれに近い境遇。あまりに不可解な共通点だった。

「なんらかの意図、もしくは法則がそこにあるってことだと思う。ああ、もう一つ共通点があったな。君を含めて今までの『来訪者』は、すべて旧ミゼル国の領地に出現している」

「……リースファリド、お前はその理由についても、もう見当がついているんだろう？　もったいぶらずにさっさと話してくれ」

エリアスルードが口を挟んだ。

「やれやれ、剣士はせっかちだな。物事には順序というものがあるのに」

リースファリドは肩を竦《すく》めてぼやいたが、要望通り話を進めることにしたようだ。

「推測の域を出ないけど、心当たりはある。魔法使いの間で密かに流れていた噂があってね。六百年前、ミゼル国の中枢《ちゅうすう》にいた魔法使いたちは、増え続ける魔獣に対抗するべく、別世界から彼らを駆逐《くちく》できる生物を呼ぶための術――いわゆる召喚魔法を研究していたというものだ」

「召喚魔法……!?」

透湖は思わずソファから立ち上がる。

「そう、召喚魔法だ。結局ミゼル国はマゴスに滅ぼされてしまい、王都は壊滅。大部分の魔法使いはその時マゴスに取り込まれて命を落としているから、断定はできないんだけどね。ただ、他国に逃げてきた生き残りの魔法使いたちの一部が、王城には召喚魔法を研究するグループがいたことを証言している。もっとも、ミゼル国の王城跡を含む王都とその周辺地域を分割統治しているナースティ国は、そのような術は存在していなかったと否定しているけれどね。まぁ、あのナースティ国のことだから、本当かどうかは怪しいところだ」

リースファリドの言葉に、セルヴェスタンが納得したように頷《うなず》く。

「確かにな。あの国だったら、召喚魔法の研究結果を独り占めしようとしてもおかしくない。『来訪者』に異常に執着しているからな。五十年前だって、マゴスの繁殖期が終わった後もしつこく『来訪者』を探していたみたいだし」

「五十年前に何かあったんですか？」

ソファに腰を下ろしながら透湖は尋ねる。考えてみれば、透湖の前任者とも言える五十年前の「来訪者」の話は、誰からも聞いたことがなかった気がする。五十年前なら覚えている人間もまだ多くいるであろうにもかかわらず。

透湖の質問に、セルヴェスタンは何度も瞬《まばた》きをした。

「ああ、透湖には言っていなかったか？　五十年前のマゴスの繁殖期には『来訪者』が現れなかったんだ。幸い、五十年前のマゴスの襲来は大した数ではなかったようで、各国が自力でなんとかしのいだそうだ。その反動か、今回はやたらとマゴスの数も多いし、襲撃の頻度も高いがな」

「五十年前には『来訪者』が現れなかった……もしくは、探し出せなかった？」

この時、透湖の脳裏にあったのは、最近流行《はや》りの異世界トリップものでよくあるパターンのことだった。主人公はチートを隠し、一般人に紛《まぎ》れて、いわゆるスローライフを送ろうとする。ところが、隠し切れないチートゆえに、なんだかんだと色々な事件に巻き込まれてしまうというのが定番だ。

――でも。もし一般人に紛《まぎ》れて見つからないままスローライフを送っていたとしたら？

セルヴェスタンは頷《うなず》いた。

「ナースティ国もそう考えたんだろうな。だからしつこく探し続けた。まるで『来訪者』がいると確信しているかのようだったと、当時国境警備団の総団長をしていた親父が言っていたよ」

話の主導権を奪われていたリースファリドが少しイラッとしたように口を挟んだ。

「五十年前『来訪者』がどこかにいたかもしれないという話の真偽はともかく、『来訪者』が現れるようになったのは六百年前、そしてミゼル国が召喚魔法を研究していたのも六百年前だ。符合はしている。結局、研究が失敗したのか成功したのかは分からないが、実験の過程でおそらく異世界の日本……それもセイレキ二〇一五年前後の時期に不完全な形で繋がったんじゃないかな。繋がった道は召喚の条件に合う人間を無作為に選んで、こちらの世界に引き込む。『来訪者』が出現する場所がその都度違うのも、こちらとあちらの時系列が一致しないのも、不完全な繋がりだからだろう」

一度そこで言葉を切ったリースファリドは苦笑を浮かべた。

「召喚魔法だとすれば、『来訪者』が天涯孤独な人間ばかりなのも納得できる。親や兄弟がいないということは、元の世界に未練も少ないだろう。その分こちらの世界に根を下ろすのも早いというわけだね」

「言われてみれば……その通りですね」

もし透湖の両親が生きている時にこちらの世界にトリップしたら、きっと何がなんでも戻ろうとしていたはずだ。両親を思って毎晩泣き暮らしていたかもしれない。異世界に落とされたというのに比較的元気にやっていけるのは、もう両親が亡くなっているからとも言える。

「まぁ、色々説明したけれど、要するにこちらの世界に落とされる原因があるならば、その異世界との繋がりを探り当てるか、召喚魔法を解析すれば、向こうの世界に送り返す方法も見つかるかもしれないってことさ」

「つまり、帰れるかもしれない、と？」

透湖が期待に胸を躍《おど》らせながら尋ねると、リースファリドは頷《うなず》いた。

「そういうことだね。手がかりはないわけじゃないんだ。時間はかかるかもしれないけれど、これからも探っていくつもりだ。幸い、トランザムの筆頭魔法使いであるリサール女史も協力してくれるそうだから、大いに期待するといい。彼女は『来訪者』というより、ミゼル国が研究していたという召喚魔法を研究テーマにしているらしいよ」

「はいっ！　ありがとうございます！」

透湖は立ち上がると、リースファリドに向かって深々とお辞儀をした。最初はとんでもない性格の人だと思ったが、今はこの変人ぶりがかえって頼もしく感じられる。

「良かったな、透湖」

セルディが爽《さわ》やかな笑みを浮かべる。最初に関わりを持った縁から、その後も兄貴分として透湖を気遣い続けてくれた彼にとっても、この朗報は喜ばしいものであるようだ。

「はい！　でももちろん、今すぐ帰り方が分かったとしても、マゴスの繁殖期が終わるまではセノウにいて、きっちり最後までお手伝いをしますからね！」

「そりゃあ、頼もしいな！」

セルヴェスタンが破顔《はがん》する。

「ありがとう、透湖。大変だろうけど、俺たちもできる限りフォローするから、よろしく頼む」

エリアスルードに笑顔付きで言われて、透湖が奮起しないわけがなかった。

「はい、もちろんです！　よろしくお願いします！」

ビシッと敬礼しながら元気よく返事をする透湖の胸で、虹色に輝く石が揺れている。

――よおっし、帰れる可能性が出てきて元気出た！　明日から頑張ろう！　ひとまずあのダサい呼びかけを、もっとカッコイイ呪文風の必殺技に昇華させなくちゃ！　徹夜で考えようっと！

元気を出す方向が少しズレている透湖であった。

＊　＊　＊

スキップでもしそうなほど上機嫌で執務室を出ていく透湖。それを見送ったセルヴェスタンたちは、彼女の姿が見えなくなったとたん、打って変わって緊迫した雰囲気になった。

　最初に口を開いたのはエリアスルードだ。

「で？　リースファリド、どうして透湖に言わなかったんだ？　手紙に書いていた、ナースティ国にいるかもしれないもう一人の『来訪者』のことを」

　リースファリドは肩を竦《すく》めた。

「そりゃあ、もう一人の『来訪者』の得体が知れないからだよ。透湖は自分以外の『来訪者』がいると知ったら、その相手に会いたいと思うだろう。けれど、相手の正体が分からない以上、近づかせるわけにはいかない。だから黙っていた。単純なことだよ」

「ナースティ国が隠しているかもしれない『来訪者』の正体は分からずじまいなのか？」

　セルディが口を挟んだ。

「それを突き止めるために帰国が遅れたんだとばかり思っていたが……」

「その通りなんだけど、残念ながら正体ははっきりしていない。でも、透湖の話を聞いて確信できた。状況から考えて、透湖は従来の『来訪者』と同じような条件でこの世界に来ている。けれど、ナースティ国が隠している『来訪者』の素性は不明だ。透湖たちの世界とはまた別の世界からやってきた可能性も拭《ぬぐ》いきれない。あるいは……同じ世界からではあるものの、まったく違うプロセスでやってきたのかもしれない」

「……どうやらお前には心当たりがあるようだな。ひとまず最初から全部話せ」

セルヴェスタンが腕組みをしながらリースファリドに命じる。リースファリドは彼にしては珍しく素直に従った。

「そうだね、その方がいいだろう。トランザムで行《おこな》われた三国会議の席でのことだ。君たちも分かっているだろうが、今度のマゴスの繁殖期は前回に比べて襲撃してくる数も多ければ頻度も高い。当然うちとトランザムが報告した内容は、襲撃回数も被害者数も膨大《ぼうだい》だというものだった。けれど、ナースティ国が報告した襲撃回数と被害者数は、奇妙なことにだいぶ少なかったんだ。僕らはナースティ国が虚偽の報告をして、わざと襲撃回数を少なく言っているんじゃないかと感じたよ」

地理的な条件の違いはあれど、今まで一か国だけマゴスの襲来が極端に多かったり少なかったりした例はない。ゆえに今回だけナースティ国の襲撃回数が少ないのは極めて不自然だった。

「これについてのリサール女史の見解は、被害者数に合わせてマゴスの襲撃回数を減らしたというものだ。襲撃回数が多いのに被害者数が少ないとなれば、それは『来訪者』がいる証《あかし》のようなものだからね」

今現在のファンデロー国がまさにそのパターンだ。透湖がマゴスを討伐してくれて被害者がいないため、襲撃回数だけが際立《きわだ》っている。

「なるほど、つまり……『来訪者』の存在を隠すために、ナースティ国は襲撃回数の方を偽《いつわ》ったわけか。確かに被害者数を盛るより、そっちの方が事務処理が楽だろうな」

セルヴェスタンが納得したように頷《うなず》いた。彼は砦《とりで》にマゴスが襲ってきた回数や個体数、被害者の数を王宮に報告する立場の人間だ。よって襲撃回数を弄《いじ》ることは容易にできると知っているからこその意見だった。

「リサール女史もそう言っていたよ。そのリサール女史が会議中に突然、透湖の存在を暴露《ばくろ》したんだ。あの時は仰天《ぎょうてん》したよね、主にサイオ将軍が。僕はエリアスルードから知らされていたけど、当時はまだ透湖の存在は国内に知れ渡っておらず、ようやくセルヴェスタン総団長が王宮に知らせたくらいの頃だった。ゆえにサイオ将軍は知らなかった。でもなぜかリサール女史は把握していたよ」

「おいおい、国境警備団の中に間者でも忍ばせているのか？」

セルディがぎょっとしたように言う。

「さあね。あの人も謎多き人だから。それはともかく、リサール女史が会議の場で突然そんなことを言い出したのは、今思えばナースティ国側の反応を見るためだったんだろう。結果から言えば、ナースティ国の代表としてやってきていた魔法使いと軍人は、透湖のことに興味を示さなかった」

「そりゃおかしいな」

そう言いながらセルヴェスタンが腕組みを解いた。

「あのナースティ国なら『来訪者』がまた我が国に現れたことを知れば、食いついた挙《あげ》句《く》に嫌味の一つや二つ言ってきてもおかしくないんだが」

「それすらもなかったよ。彼らには妙に余裕があった。それでリサール女史は確信したみたいだ。

あの国は『来訪者』を擁《よう》していて、しかもその存在をこちらに隠しているのだと。それどころか、当たりまでつけていた。遊撃隊に所属して『黒狼《こくろう》』と呼ばれている人物が『来訪者』なのではないかと」

「遊撃隊の『黒狼《こくろう》』か……聞いたことがないな」

エリアスルードが眉を寄せる。

ナースティ国軍の遊撃隊はファンデロー国軍における騎竜隊のような存在だ。魔獣とマゴスを討伐することを目的とし、軍の中でも特に優《すぐ》れた者を集めて結成されている。だが、ファンデロー国の騎竜隊とは違い、所属人数や隊を率《ひき》いている者の名は明らかにされていない。

「そりゃあ聞いたことがないはずだよ。リサール女史によれば、『黒狼《こくろう》』が現れたのはマゴスの繁殖期が始まってからだそうだから。『黒狼《こくろう》』は数か月前に突然ぽんと出てきた人物だ。聞けば聞くほど『来訪者』っぽいだろう？」

くすっと笑うとリースファリドは続けた。

「リサール女史はその『黒狼《こくろう》』の正体を直接確かめに行くことにした。そこで会議終了後、視察に行くと言うサイオ将軍を巻き込み、そして僕を『来訪者』の資料で釣って、ナースティ国まで付き合わせることにしたわけだ。これがまぁ、大変でね。偽名を使ってナースティ国に入り、魔法使いだと知られないように変装して、わざわざ自分たちの足で北部まで行ったんだ。遊撃隊にいるという『黒狼《こくろう》』の情報を集めながらね。おかげで帰国するのがこんなに遅くなってしまった」

「そこまでしたのに、結局そいつが『来訪者』かどうかも、その素性も分からずじまいだったわけか？」

呆れたようにセルディが呟《つぶや》く。リースファリドはムッと口を尖《とが》らせた。

「仕方ないだろう？　ナースティの山岳地帯には、セノウのような自由に出入りできる城塞《じょうさい》都市なんてないんだから。軍の所有地として出入りが厳しく制限されているから、監視の目をくぐって山に入るだけで一苦労だ。ましてマゴスが現れるとされている最北端の砦《とりで》は完全に要塞《ようさい》だ。さすがの僕らもあそこに入ることはできなかった。でも、なんとか遠見《とおみ》の魔法を使って、『黒狼《こくろう》』がマゴスと戦う姿を捉《とら》えることには成功した」

「じゃあ、お前はその『黒狼《こくろう》』の姿を見たんだな？」

ハッとしたようにエリアスルードがリースファリドを見る。

「ああ。そういうことだね。ただし、『黒狼《こくろう》』は最初から最後まで黒っぽいマントを被って戦っていたから、顔は見ていない。性別も定かじゃない。サイオ将軍は『あれは男だ』と断言していたけれどね。『黒狼《こくろう》』は持っている剣で、いとも簡単にマゴスを一刀両断していたよ。自分の目が信じられないほどだった。魔力も相当あると思う。けれど魔力でマゴスは倒せない。彼が使っていたのは魔法ではなく、もっと別の力だ」

「別の力……」

その時、リースファリド以外の三人の脳裏に浮かんだのは、透湖の着ぐるみから放たれる不可思議な力のことだった。

「『黒狼《こくろう》』が使ったその別の力というのは、もしかしたら透湖の力と同じものかもしれないいな」

ぽつりと呟《つぶや》いたのはエリアスルードだ。リースファリドが頷《うなず》く。

「それを確かめるためにも、僕は帰国早々セノウに向かったんだ。もし『黒狼《こくろう》』の使っている力が透湖の力と同じならば、『来訪者』だと断言していいと思うよ。まぁ、『来訪者』だと分かったら分かったで、別の問題が出てくるけれど。……つまり、ナースティはどうやって『来訪者』を得たのか。そして『黒狼《こくろう》』はどういう手段でこっちの世界にやってきたのかという問題だ」

「……それについて、お前は心当たりがあるんだろう？」

セルヴェスタンが「ふぅ」とため息をつきながら促《うなが》す。

「お前の見解は？　憶測でもいいから話してみろ」

「さっき透湖に言ったのと同じだ。旧ミゼル国の魔法使いたちが研究していたという召喚魔法。ナースティ国はその研究を受け継いで、密かにずっと続けていたんじゃないだろうか」

リースファリド以外の三人が、ハッとしたように顔を見合わせる。

「そして、もし『黒狼《こくろう》』が『来訪者』だとしたら、彼らは召喚魔法を成功させたんじゃないかというのが、僕とリサール女史の見解だ」

「……とんでもない話だな。ナースティ国は異世界から自由に『来訪者』を呼べるってことか。もしそれが本当だったら、三国による旧ミゼル国の分割統治が揺らぐ可能性がある」

難しい表情でセルヴェスタンが呟《つぶや》いた。

旧ミゼル国の領土はファンデロー、トランザム、ナースティの三国で分割統治されている。貴重な魔法石が採れる山岳地帯は、各国の重要な収入源でもあった。より多くの領地を得られれば、それだけ財政が潤《うるお》うのだ。そのため、六百年前には壮絶な領土の取り合いが三国の間で起こったという。

だが、ほぼ三等分に分割されて以来、領土問題は起こっていない。マゴスの脅威があるせいだ。旧ミゼル国の領土が広ければ、それだけ襲来するマゴスの数が増えることになり、犠牲者も多くなる。現状を維持するので手一杯だった各国に、それ以上領土を広げる余裕はなかった。

「それが自分たちの手で『来訪者』を呼べるとなると、マゴスは脅威ではなくなる。戦争を起こして他国の領土をぶん取ろうという話が出てもおかしくねえな」

「それもこれも召喚魔法とやらのせいか。はぁ、やれやれ。本当、魔法使いってやつは碌《ろく》なことをしないな」

セルディの呟《つぶや》きを耳にしたリースファリドがすかさず杖に手を伸ばし、彼の頭をぼこんと殴りつけた。

「いてっ」

「それは魔法使いに対する侮辱《ぶじょく》だよ、セルディ。ナースティの連中と一緒にしないでくれないか?」

杖を魔法の媒体にする魔法使いもいるが、リースファリドは杖を必要としない。彼は自分自身を媒体として術を行《おこな》うタイプの魔法使いだ。その気になればほとんどの魔法を無詠唱で行使できる。

魔法使いっぽいという理由で杖を持ってはいるが、その用途は主に誰かを殴るとか、遠くのものを近くに引き寄せるといった、魔法とはまったく関係のないことだった。

「お前なぁ、杖で人を殴るなよ。まったく、だから魔法使いは碌《ろく》なことをしないって言うんだ」

セルディが頭を抱えながらぶつぶつと文句を言った。それをまるっと無視し、リースファリドはソファから立ち上がる。

「とにかく、ナースティの連中が透湖を狙うことはないかもしれない。でも、あちら側の『来訪者』が透湖に興味を持って接触してくることは大いに考えられる。総団長たちも透湖の周辺には十分注意してくれ」

＊　＊　＊

マゴスの襲来を告げる鐘がセノウに鳴り響いたのは、リースファリドがセノウにやってきて三日目のことだった。

着ぐるみをフル装備し、急いで中庭にやってきた透湖は、そこにいつもと違う人物――リースファリドの姿を見つけて目を見張った。

「リースファリドさんも砦《とりで》に行くんですか？」

リースファリドはにっこり笑う。

「もちろんだとも。『来訪者』である君の力を見る機会を、この僕が逃すとでも？」

「そ、そうですね」

魔法使いはマゴスに狙われるので、より危険が増す。その危険を冒《おか》してまで砦《とりで》に行くというのだから、その熱心さはすごいとしか言いようがない。

「おーい、透湖。今日は俺の騎竜に乗るといい」

セルディが自分の騎竜の前で透湖を手招きした。マゴスの数や曜日によって透湖が乗る騎竜は変わる。どうやら今日はセルディの騎竜に乗る日のようだ。

「あ、はーい」

透湖がパタパタと走り寄ると、セルディが騎竜の背中に乗るのに手を貸してくれた。そして自分も透湖の後ろに乗り込むと、リースファリドを見下ろす。

「お前は騎竜に乗る必要ないよな。魔法で空を飛べるんだし」

「えー。空を飛ぶのは案外大変なんだよね。無駄に魔力を食うからさ」

そう文句を言いながらも、リースファリドはセルディの騎竜に合わせて、呪文なしで空に浮く。

優秀な魔法使いである彼は、いとも簡単に空を飛んでいるが、本来はかなり大変であることを透湖は知っていた。

――空を飛ぶなんて、すごく簡単な魔法だと思っていたんだけどね。

どうやら「空を飛ぶ」ためには、身体を宙に浮かせる魔法と、その姿勢を保ったまま滑空《かっくう》する魔法、二つを同時に行使する必要があるらしい。一つ一つは楽な魔法でも、同時となると魔力の消費も激しくなるそうだ。

実はマゴスがミゼルの砦《とりで》のある渓谷を通るのも、空を飛ぶための魔力を極力抑えるためらしい。あれだけの巨体を空に浮かせるには、かなり魔力を消費するようで、マゴスはあまり高いところを飛ぶことができないのだ。そして、少しでも魔力の消費を抑えるために、彼らは山と山の谷間を吹き抜ける風を利用しているという。

だから風の向きを計測すれば、マゴスが襲来する時間帯をある程度予測することが可能だ。森の方向に風が吹く時――つまりマゴスにとって向かい風になる時、彼らが襲ってくることはほとんどない。

反対に今の時間帯は追い風になるので、マゴスの襲来が集中するのだ。

「今日のマゴスは何体ですって？」

騎竜隊の先頭を飛ぶエリアスルードの背中を見ながら、透湖はセルディに尋ねる。セルディの騎竜の横にぴったりついているのは、魔法で飛ぶリースファリドだ。人間の身で騎竜のスピードについてこられるのも驚異的なことだった。

「三体だそうだ。最近にしては少なめだな」

「三体？　楽勝、楽勝」

そうこうしているうちに、騎竜隊はあっという間に砦《とりで》に到着した。すでに先頭のエリアスルードをはじめ、騎竜隊の面々はマゴスとの戦闘を開始している。巨体の周辺を飛び回り、足止めしつつ攻撃を加えていく。

透湖はセルディとともに砦《とりで》の上に降り立った。

透湖の役目は砦《とりで》に近づくマゴスをビームか火で焼き払うことだ。今までは砦《とりで》に近づかせないために、騎竜隊は決死の覚悟でマゴスを攻撃していた。だが、透湖が来るようになってから、最終的には彼女がなんとかしてくれるので、無茶をする必要がなくなったのだ。

砦《とりで》の上で騎竜隊の戦いを見守っていた透湖は、二体のマゴスのうち一体が騎竜を振り切って、こちらに近づいてくるのに気づいた。

――よし、今こそ私の……じゃなくて着ぐるみの力を示す時！　唸《うな》れ、私の中二病！

透湖は腰に両手を当てて胸を張り、徹夜で考えたカッコイイ呪文を堂々と詠唱した。

「漆黒《しっこく》の闇から出《い》でし煉獄《れんごく》の炎　放たれし黒き虚《うつ》ろの刃《やいば》よ　灼熱《しゃくねつ》の焔《ほのお》よ　我に集《つど》いてすべてを食らい尽くせ――エクスプロージョン（爆発）！」

しーんと辺りが静まり返った。誰もが動きを止め、透湖に注目する。

だが、透湖の着ぐるみからは爆発はおろか、ビームも火も出る気配がなかった。

「おかしいな。もう一度」

マゴスを視界に入れながら、再度透湖はカッコイイ呪文を詠唱する。隣にいるセルディと反対隣に立つリースファリドが呆れたように見ていることには気づかずに。

「漆黒《しっこく》の闇から出《い》でし地獄の炎　放たれし黒き混沌《こんとん》の刃《やいば》よ　灼熱《しゃくねつ》の焔《ほのお》よ　我に集《つど》いてすべてを食らい尽くせ――エクスプロージョン（爆発）！」

「おいおい、さっきと微妙に言葉が変わってんぞ！」

セルディが盛大にツッコミを入れる。

もちろん、今度も着ぐるみからビームや炎が出ることはなかった。

「おかしいなぁ。これで出ると思ったのに」

「あほか！　いつものやつでいいんだよ、いつものやつで！」

透湖の頭をぺしんと叩きながらセルディが怒鳴る。もちろん、着ぐるみに覆《おお》われている透湖には痛みも衝撃もない。だが、叩かれる感覚はあったので、頭を手で覆《おお》って口を尖《とが》らせた。

「えー、せっかくカッコイイ必殺技の呪文考えたのに！」

――しかも徹夜で考えたのに！

「今の詠唱めちゃくちゃだな。あれじゃあ、炎一つ出せないよ。呪文の体《てい》をなしていないもの。文法もいい加減だし。ダメだね、やり直し」

「お前は引っ込んでろ！」

呪文のダメ出しを始めるリースファリドを一喝《いっかつ》するセルディ。それをよそに、透湖は言われたことについて思案する。

「やり直しって言われても、どうすれば。これ以上『目からビーム』をカッコよく言い換えるなんて――あっ」

いつもの言葉に反応して、着ぐるみの目の部分が馴染《なじ》みのある光を発しようとしている。それに気づき、透湖は声をあげた。しまった、という意味である。

ビームを放つ時は、目標を捉《とら》えるためにマゴスを見つめる必要があった。けれど今、透湖の目は砦《とりで》に徐々に近づきつつあるマゴスには向いていない。

「あ」

「あ」

目標が定まらないビームが着ぐるみの目から発射され、青空に二条の赤い放物線を描きながら遠くの方へ落ちていく。落ちた先は森だ。森から土煙が上がり、少し遅れてドォォーンという地響きのような音が伝わってきた。

「お、お前、森を焼くつもりか！」

「そんなつもりは一切なくて！　あ、で、でも燃えてはいないみたい。セーフ！」

「セーフじゃねえよ！」

漫才のような会話を交わす二人を尻目に、透湖の力を目《ま》の当たりにしたリースファリドは、その力がナースティ国の『黒狼《こくろう》』が使っていた不思議な力と酷似《こくじ》していることを確認する。

「やっぱりあの『黒狼《こくろう》』も『来訪者』か……」

その時、森の方に異常な魔力の塊《かたまり》があるのを感じて、リースファリドは目を細めた。ついさっきまではなかったものだ。

「あれはなんだ……？　ちょっと見てくる」

リースファリドの身体が浮き上がり、森に向かって飛び始めた。

「お、おい、リースファリド⁉」

突然の行動にぎょっとしたのはセルディと透湖だ。

「あっ、マゴスが！」

三体のマゴスのうち一体が魔力の高いリースファリドに気づいて、その姿を追おうとしている。

それを見た透湖は、慌てて叫んだ。

「目からビーム！」

着ぐるみの両目から発射されたビームはマゴスの身体を貫《つらぬ》き、消滅させた。続いて透湖は砦《とりで》のすぐ近くまでやってきていた、もう一体のマゴスに向かって言う。

「口から炎！」

ものすごい勢いで噴射された炎は、瞬《また》く間にマゴスの全身に燃え広がった。

「ギャアアア」

断末魔《だんまつま》の声をあげたマゴスが焼け落ちて消滅する。炎は周囲に燃え広がることなく、マゴスとともに消えた。

そして最後の一体もビームで倒した時には、すでにリースファリドの姿はどこにも見当たらなかった。

＊　＊　＊

濃い魔力の気配を追って森の上空を飛行していたリースファリドは、透湖が放ったと見られるビームが抉《えぐ》った場所に来ていた。そこで思ってもみなかったものを発見する。

「これは……」

生い茂っていたはずの木々は消失し、クレーターのように周囲の土が円形に盛り上がった穴が露《あら》わになっていた。穴の深さはかなりあるらしく、真っ暗で底が見えない。……いや、底が見えないのは当然と言えた。なぜならその穴は別の空間に繋がっているからだ。

「あのビームとやらが作り上げたものじゃないな」

もともとこの場所にあって、見えないように覆《おお》い隠されていたものだ。透湖のビームはそれを覆《おお》い隠していた魔法を吹き飛ばしただけなのだ。

「もしかすると、世界を渡っているのは『来訪者』だけではなく……」

暗い穴の底から何かの気配が上がってきているのを感じて、リースファリドはとっさに森の中に着地した。己《おのれ》の気配を断ち、木と木の間に身を隠して穴から出てくるモノをじっと見守る。

果たしてそれはマゴスだった。四体のマゴスが暗い穴の底から徐々に浮かび上がってくる。穴から完全に姿を現したマゴスたちは、迷うそぶりも見せずにそのまま移動を開始した。

向かった先はミゼルの砦《とりで》ではなく、トランザムの方角だ。

マゴスが山の方へ姿を消すと、リースファリドはふわりと魔法で空に舞い上がり、改めて穴を見下ろした。

透湖の攻撃が偶然にも直撃した場所が、よりにもよってマゴスの秘密に繋がる重要な場所だと誰が予想できただろう。

「……彼女の来訪は僕らにとって僥倖《ぎょうこう》で、マゴスにとっては恐ろしく災難なことだったというわけか」

リースファリドは思わず苦笑を浮かべる。

偶然が偶然を呼ぶというのであれば、それはもはや運命だろう。

「さて、これから忙しくなるな……」

ひとりごちると、リースファリドはとある人物と連絡を取るべく、装飾品代わりに腰から提げていた魔法石に手を伸ばした。

＊　＊　＊

「これは……！」

リースファリドが連絡した相手はセルヴェスタンだった。

セルヴェスタンは手鏡のような直径二十センチほどの円形の魔法石を見て、思わず椅子から立ち上がる。

石に映し出されていたのは、上空から見える穴の全景だった。

「ええ、セルヴェスタン。異なる世界からやってきていたのは『来訪者』だけじゃなかったんですよ。マゴスもまた、この穴を通じて別の世界から飛来していたわけです」

重々しいリースファリドの言葉が執務室に響き渡る。

息を呑むセルヴェスタンの視線の先には、底の見えない深淵《しんえん》が広がっていた。

第七章　すれ違いだよ、人生は

「まさか広大な魔の森にこんな穴が開いていて、マゴスが出入りしていたなんてね」

トランザム国の筆頭魔法使いリサールは、巧みに隠されていた穴を見て苦笑を浮かべる。

「よくもまぁ、見つけられたものだわ」

「透湖のおかげですよ。本人にそのつもりはまったくなかったでしょうがね」

隣に立つリースファリドが肩を竦《すく》めた。

彼らの近くでは何人もの魔法使いたちが穴の調査に当たっている。ファンデロー国とトランザム国によって組まれた合同調査チームだ。

「この世界に来てたった三か月でこれだけの成果を出すなんて。あなたの国の『来訪者』は幸運の星に恵まれているというわけね」

リサールが微笑む。その笑顔が誰かに似ているような気がして、リースファリドは目を瞬《しばたた》かせた。

だがリサールが調査団の一人に声をかけられて横を向いてしまったため、既視感《きしかん》はあっという間に霧散《むさん》してしまう。

――そういえば、この人もかなり謎な人だよね。

調査団の一人と会話を交わすリサールを見ながら、リースファリドは考える。

トランザム国の筆頭魔法使いとして、リサールの名前は大陸中に知れ渡っていた。二十年前、当時トランザム国の筆頭魔法使いだった男に弟子入りし、その十年後には師匠の跡を継いで筆頭魔法使いにまで登りつめたのだ。筆頭魔法使いになってからは色々な改革を推し進めて、着実に成果をあげている。

だが、そんな華々しい功績を持つリサールの半生は謎に包まれていた。筆頭魔法使いに弟子入りするまでの経歴が定かではないのだ。海の向こうにある別の大陸からやってきて、トランザムに根を下ろした移民の子孫だと言っているが、それも確認されたわけではない。

外見は三十代の後半か、四十代の初めといったところ。顔だちが多少トランザムの人々と異なるのは、異国の血を継いでいるからなのか。ただ、容姿自体は平凡で、魔法使いのローブを着ていなければ、その辺の中年女性と区別がつかないだろう。

とはいえ、魔法使いとしてはかなり優秀で、リースファリドも一目置いている存在だった。

「リースファリド。どうやら異世界に通じる穴はここだけではなさそうよ」

調査団の一人から報告を聞いたリサールがリースファリドに声をかける。

「ここ十日間でこの穴から出入りしたマゴスの数と、実際にトランザムとファンデローを襲撃してきた数が一致しない。この広大な森の中に、ここことはまた別の穴が存在していると見て間違いないわ」

「そうだと思いました」

予想できたことだったので、特に驚きはなかった。

ここからナースティ国の領土である大陸の西北部までは、かなり距離がある。マゴスがあの巨体で空を飛んで移動しているとは、到底思えなかった。ことはまた別の穴が存在すると考えるのが自然だ。

「……それにしても、ナースティ国に声をかけなくてよかったんですか？」

今ここにいるのはトランザム国とファンデロー国の魔法使いたちだ。ナースティ国の人間は一人もいない。合同調査チームを組むにあたって、リサールは完全にナースティ国を無視していた。

そのリサールはくすっと笑う。

「いいのよ。だって、この穴から出現するマゴスは風の流れと距離から言って、ファンデローとトランザムにしか来ないもの。ナースティは関係ないわ。簡単な説明はするけど、それだけよ」

「後から絶対抗議してくるでしょうね」

「そんなものは無視するわ」

ナースティ国をばっさりと切り捨てると、リサールは打って変わって意味ありげにリースファリドを見上げた。

「さて、リースファリド、あなたの見解を聞きましょうか。マゴスと『来訪者』、ともに異なる世界からやってくる者たち。この両者にはなんらかの関連があると、あなたは思う？」

リースファリドは肩を竦《すく》める。

「そりゃあ、当然あるでしょうね。ともに六百年前からこの世界にやってくるようになったのだから。ただし、この穴の向こうが日本だとは思えませんから、マゴスと『来訪者』が別々の世界からやってきているのは確実です」

「日本にはマゴスなんて生き物は存在しないからね」

苦笑しながらリサールは呟《つぶや》く。断言するような口調に一瞬だけ違和感を覚えたものの、リースファリドは話を続けた。

「マゴスと『来訪者』は互いに影響し合っているように思えます。ミゼル国の魔法使いたちが研究していたという召喚魔法。その実験の影響で日本だけでなく、マゴスのいた世界ともなんらかの形で繋がったと見ていいでしょう」

「ええ、私も同じ結論よ。……まったく、ミゼル国もとんだ遺産を残してくれたものだわ」

「同感です」

その後、しばらく二人は両国の魔法使いたちによる調査を見守った。

ふと顔を上げてリースファリドはリサールに尋ねる。

「調査が終わったら、この穴はどうするつもりですか？」

リサールはにっこり笑う。

「もちろん、調査が完了次第この穴は封印するわ。ここを封印すれば、マゴスの襲来が減って私たちの国はぐっと楽になるもの」

＊＊＊

透湖は窓辺に頬杖をついて、ぼんやりとセノウの夜景を眺めていた。

いつもはこの時間に窓の外を眺めても真っ暗なのだが、魔の森にマゴスが現れる穴が見つかったことで、街全体がせわしない雰囲気になっている。ひっきりなしに王都から役人や魔法使いがやってきて、それに加えてトランザムの人間もセノウを訪れてくるので、国境警備団の建物の明かりが消えることはない。

セルヴェスタンも屋敷でゆっくりする時間はないようで、ずっと総本部に詰めている。

だが、せわしないのは国境警備団だけではない。透湖にはセノウの街全体がざわざわしているように思えた。

――落ち着かないのは私も同じか……

眠れずにこうして外を眺めているのだから、透湖もそわそわしているのだろう。

別に透湖の生活が何か変わったというわけではない。相変わらずマゴスがやってくるので、エリアスルードたちと一緒に砦《とりで》に行っては戦っている。マゴスが来ない時はミリヤムと買い物をするなど、いつも通りの生活を営《いとな》んでいた。

それでも、どうにも落ち着かないのは、やはり森に隠されていたという穴の存在のせいだ。

調査が終わればその穴は塞《ふさ》がれ、マゴスの襲来はぐっと減るのだという。

――マゴスが砦《とりで》に襲いかかってこなくなったら、私はどうなるんだろう。

マゴスがいなくなれば透湖は必要なくなる。つまり役立たずになってしまうのだ。

もちろん、役に立たなくなったからといって、セルヴェスタンが透湖を放り出すとは思わない。

おそらく……いや、必ずこの先もずっと透湖の面倒を見続けてくれるだろう。

でもそれは透湖自身が嫌なのだ。誰かの、何かの役に立つ自分であり続けたい。

――自分で思っていた以上に、私、みんなの役に立っているという事実を支えにしていたんだわ。

役目があると思うから、右も左も分からない世界で頑張ってこれたのだ。それがなくなることに、こうして怯《おび》えてしまうほど。

だが、マゴスがいなくなればみんなが安心できるのだから、やっぱり歓迎するべきなのだろう。

透湖は椅子から立ち上がり、部屋の扉に向かった。

――どうせ眠れないんだから、気分転換に夜の散歩に出かけようっと。

この時間なら人には会わないだろうから、着ぐるみの頭も被る必要はない。初対面の相手には必ずと言ってもいいほど、被り物を取って素顔を見せている。今ではほとんどの兵士が透湖の姿を知っているため、たとえ見つかったとしても、怪しい者だと思われることはないだろう。

――それに、中庭に行くだけだから。

中庭は透湖のお気に入りの場所だ。広いので騎竜の発着所代わりに使われているが、元は人々の憩《いこ》いの場所として整えられた、とても綺麗な場所なのだ。中央に大きな噴水が置かれ、色とりどりの花が咲いている花壇もある。

それに何より、夜になっても外灯がつけられ、真っ暗闇ではない。以前にも夜に行ったことがあるが、外灯の淡い光に照らされた噴水はとても美しかった。

透湖は部屋を出ると、屋敷の玄関へ向かった。

＊　＊　＊

エリアスルードはここ最近は非常に多忙で、この日も夜遅くまで仕事をしていた。

従来のマゴス討伐の他、新たにセノウに派遣されてきた騎竜隊の面倒も見ているからだ。

騎竜隊の一部は王都を守る目的で王城に残っていたのだが、今回、魔の森という危険な場所で調査を続ける魔法使いたちを護衛するため、期せずしてセノウに派遣されてきたのだ。

隊長として彼らの任務を手助けする必要があり、通常の業務に加えてさらに忙しくなっている。

書類とにらめっこをしていたエリアスルードはため息をついて、椅子から立ち上がった。

「少し外の空気を吸ってくる」

「おう」

同じく残業しているセルディに声をかけると、エリアスルードは執務室を出て中庭に向かった。

中庭に出ると、夜の涼しい風が心地よく頬を撫でていく。セノウは山岳地帯にある街なので、朝晩はかなり冷える。だが、ここ最近は暖かな日が続いたためか、身を切るような寒さは感じられなかった。

涼しい空気を肺いっぱいに吸い込み、吐き出して身体の力を抜く。

その時だった。先客がいたことにエリアスルードが気づいたのは。

中庭の中央にある噴水の傍《そば》に、白い服を着た女性が佇《たたず》んでいた。外灯の柔らかな光に照らされて、白い服がほのかな光を発している。風が女性の服をはためかせ、黒髪が肩先で躍《おど》っている。

こちらに背を向けているので顔は分からないが、かなり小柄であることが見て取れた。

――誰だろう？

女性に心当たりはなかったが、噴水とともに淡い光の中に浮かび上がる姿は妙に幻想的で、エリアスルードは息を止めて見入っていた。

その時、彼の気配に気づいたのか女性が振り返る。大きな黒い目が彼の姿を捉《とら》えた瞬間、エリアスルードは心を鷲掴《わしづか》みされたかのような衝撃を受けた。

――なんという……

幼い顔だちながら、どこか大人びた表情。驚きに目を見開くさまは可愛らしくもあり、美しくもあった。

――なんて、可憐なんだ……

だが、エリアスルードにとって永遠とも思われた時間は、彼女自身によって破られた。女性が怯《おび》えたような表情を浮かべて、身をひるがえしてしまったからだ。

「あっ……」

距離があったため、追いかけることもできないまま、エリアスルードは白い背中が闇の中に溶けて消えていくのを呆然と見送った。

＊　＊　＊

「ああ、びっくりしたぁ！」

走ってセルヴェスタンの屋敷まで戻ってくると、透湖はゼイゼイと荒い息を吐いた。

「ま、まさか、エリアスルードさんが来るなんて夢にも思わなかったわ」

――こんな夜中に外に出てたら怒られると思って、とっさに逃げ出してしまったけれど、きっと私だってバレてるよね？

エリアスルードと透湖の間にはそれなりに距離があったが、逃げ出した時に何か言っていたので、きっと彼には分かったのだろう。

無視して逃げてしまった透湖を、彼はさぞ不作法な子だと思ったに違いない。

「って、私！　夜着のままだし！」

――なんて姿をさらしてしまったんだ、私は！

あまりの恥ずかしさに透湖は頭を抱えた。


この時、透湖は失念していた。あるいは勘違いをしていた。自分がエリアスルードの前で素顔をさらしたことがないという事実に気づかず、てっきり彼は知っているものと思い込んでいたのだ。被り物を取った時にいつもエリアスルードはおらず、彼が透湖の顔を見たのは今回が初めてだったこと。素顔を知らないゆえに、彼は透湖だと認識しなかったこと。

それが壮大な勘違いとすれ違いを引き起こすことになるとは、透湖には知る由《よし》もなかった。

＊　＊　＊

早々に執務室へ戻ってきたエリアスルードに、セルディが声をかける。

「おう、早かったな……って、お前どうしたんだ？」

エリアスルードの様子がおかしい。心ここにあらずな状態で何やらぼんやりしている。

「何かあったのか？　一体どうした？」

「……天使に会った」

「は？」

「中庭で黒髪の天使に会ったんだ」

「……お前、大丈夫か？」

セルディは本気でエリアスルードの頭が心配になった。

「忙しさのあまり、とうとう幻覚でも見るようになったのか？」

「幻覚？　いや、違う。あの子はきっと月の女神が作り出した妖精だ」

ふわりとエリアスルードが微笑む。いつもと違う様子の上に、今までのエリアスルードだったら絶対に言わないような言葉を口にしている。

——ヤバイ、本格的にイカレたか？

だがエリアスルードは少々頭が沸騰《ふっとう》しているだけで、おかしくなったわけではない。

突然ポエミーになった幼馴染《おさななじみ》に困惑しながらも、セルディは確認するように言った。

「つまり、中庭の噴水のところで見知らぬ黒髪の女を見たんだな」

「ああ。小柄で、まるで妖精のようだった。少し顔だちは幼い気がしたが、その……身体のラインは成人した女性のものだったと思う。幼さと大人っぽさが同居しているような不思議な女性だった」

しみじみ呟《つぶや》くエリアスルードに、セルディは「これは」と思った。このいつもと違う様子。その女性のことを語る時の表情。

「お前、もしかしてその女に惚れたんじゃないのか？」

「え？」

エリアスルードは虚《きょ》をつかれた表情になる。けれど、右の手のひらをそっと胸に当てて言った。

「これが恋なのかは分からない。でも彼女のことを思うと、胸がきゅっと締め付けられる気がするんだ」

「それは間違いなく恋だな」

訳知り顔で頷《うなず》きながら、セルディは奇跡だと考えていた。

女性にどれほど追いかけられようが、一向に興味を示さなかったエリアスルードが――剣のこととマゴスを討伐することしか考えてこなかったエリアスルードが、これほど女性に対して心を傾けるなんて、この先もうないかもしれない。

「よし、協力してやろう。まずはその女性を見つけることが先決だ。国境警備団の敷地内に入ることができるのであれば、間違いなく軍の関係者だろう」

国境警備団の団員はほとんどが男だが、もちろん女もいる。兵士として所属している者もいれば、後方支援を中心とした業務についている女性も多い。

「他に特徴はなかったか？」

「確か……白っぽい服を着ていた」

「白い服か。医療班で働いているのかもな。だが魔法使いという可能性もある。特に今はいつもと比べて多くの者が出入りしているから、絞るのは難しいかもしれない。でも心配するな。なんとしても捜し出してやるさ」

セルディは誰に協力を頼もうかと思案しながら、力強く請け負った。


ところがセルディの思惑は早々に外れた。最初に協力を仰いだミリヤムに、けんもほろろに拒否されてしまったからだ。

「は？　どうして私がエリアスルードの好きな相手を捜さなくちゃいけないの？」

「親戚だし、幼馴染《おさななじみ》だろうが。あいつが珍しく女性に惹《ひ》かれたんだ。協力してやろうとは思わないのか？」

「確かに、あの朴念仁《ぼくねんじん》が女性に惹《ひ》かれるなんて珍しいと思うわ。でもね、透湖の手前、あの男の恋に協力するなんてできないわよ！」

「透湖？　なぜここで透湖の名が……ああ、もしかして透湖はあいつのことを？」

ピンとくるものがあって、ようやくセルディも透湖の気持ちに気づいたのだった。

「ええ。透湖自身はエリアスルードの顔が気に入っているだけと言っていたけど、たぶん本気で好きなんだと思うわ。私は透湖の味方だから、エリアスルードが好きになった女性を見つけるのに協力はできない。分かったわね？」

強い口調で言ったあと、ミリヤムはふっと表情を緩《ゆる》ませる。

「でもこれは私が透湖の家族だからよ。あなたはあなたでエリアスルードの恋に協力すればいいわ。人の気持ちを変えることなんてできないんだから、なるようにしかならないわよ」

ミリヤムの言葉を聞いたセルディは深いため息をつく。

「……そうだな。正直に言って、透湖の恋を応援したい気持ちもあるんだ。でもやっぱり俺はエリアスルードの気持ちを優先してしまう。お前の言う通り、人の恋心とは本当にままならないものだな」

セルディは手を伸ばし、ミリヤムの頭をポンポンと叩いた。

「じゃあ、俺は戻るよ。困らせてすまなかったな」

玄関の扉の向こうに消えていくセルディ。それを見送ったミリヤムは、彼に触れられた頭に手をやると、小さな声でぼやく。

「もうっ、いつまで経っても子ども扱いなんだから」

＊　＊　＊

階段の踊り場で二人の会話を耳にしていた透湖は、ミリヤムのぼやきを聞きながら、そっと玄関ホールを離れた。

——もう、吹き抜けの玄関ホールであんなに大きな声で話していたら、否応《いやおう》なく聞こえちゃうじゃない。

気になって玄関まで見に来たら、今の話が聞こえてきてしまった。運が悪いとしか言いようがない。

透湖は重い足取りで部屋に戻ると、着ぐるみの頭を脱ぎ、ベッドに倒れ込むようにダイブした。顔をベッドのシーツにうずめて目を閉じる。

――そうか、エリアスルードさんには好きな人がいるのか。

――小柄な黒髪の女性だって言ってたなぁ。そういえば、該当しそうな女性が何人か国境警備団にもいるわよね。あの中に彼の想い人がいるんだろうな。きっとすぐに見つかるよね。

――私は大丈夫よ。だって、ミリヤムが言っていたように、エリアスルードさんの顔が好みというだけだもの。単なるミーハー心でキャーキャー言っていただけ。傷つくことはない。

「……傷つかないはず、なのに」

ぽつりと呟《つぶや》く。

――どうして胸がこんなに痛むのかな？

――どうして急に世界が色あせたように感じるんだろう？

「本気で恋しているわけじゃない。だっていずれ私は元の世界に戻るんだもの。だから……本気のわけがない」

……けれどその呟《つぶや》きは、透湖自身の耳にも空《むな》しく響いた。

＊＊＊

一方、執務室に戻ったセルディは、椅子に座りながら考える。最初の意気込みはどこへやら、今では何がなんでもエリアスルードの想い人を見つけてやろうという気持ちではなくなっていた。

――透湖がエリアスルードを好きだったなんてな。

セルディは透湖を気に入っているし、戦友だと思っているので、できれば彼女の想いが叶えばいいなと願ってしまう。でもそれはエリアスルードの気持ちを踏みにじる行為だ。

――一番いいのは、エリアスルードの想い人が実は透湖だったというパターンだが……まぁ、それはないだろうな。

実はセルディもミリヤムも、透湖と同じような間違いを犯していた。エリアスルードが透湖の素顔を知っていると思い込んでいたのだ。そのため、普通なら誰もが真っ先に思いつくであろう「小柄な黒髪の女性」の正体に気づけなかった。

思い悩んでいると、セルヴェスタンとの打ち合わせのため席を外していたエリアスルードが執務室に戻ってくる。

思わずセルディは尋ねていた。

「なぁ、お前は透湖のこと、どう思う？」

これほど直接的な質問もないだろう。普通、この手のことを聞かれたら何か勘づくものだが、エリアスルードという男は生まれてこの方、恋愛に興味を覚えることなく、男女の機微に疎《うと》かった。そのため、質問の意味に気づくことなく、言葉通りに受け止める。

「どうって……すごい人だと思っているが？」

「すごい人？」

「たった一人で見知らぬ世界にやってきたというのに、いつも前向きで明るいだろう？　俺には真似できない。すごいことだと思う」

「確かにな」

「それに、可愛らしい人だなとも思っている」

おや、とセルディは思った。エリアスルードの口から可愛いという言葉が出るとは思わなかったのだ。もちろん、例の想い人を除けばの話だが。

「どの辺が可愛いと思うんだ？」

「被り物を着けているから表情はもちろん分からないんだが、透湖の場合は全身で感情を表してくれるだろう？　見ていて飽きないし、微笑ましくなる」

――なるほど。もしかして、想い人に対してすんなり「天使」だの「妖精」だのと口にできたのは、普段から透湖に対して可愛いと感じていたからなのかもしれないな。

ふとセルディはそんなふうに思った。

「ああ、あと、透湖とはとても話しやすい」

エリアスルードが微笑みを浮かべる。

「俺の名声だのなんだのを、まったく気にしていないからだと思う。透湖にとって俺はアージェス侯爵家の四男ではなく、ましてや『マゴスレイヤー』でもない。ただのエリアスルードなんだろう。だから話をしていて気まずく感じることもない。貴重な人だよ」

「そ、そうか」

話を聞く限り、透湖に対してはかなり特別な思いを抱いているように感じた。

――これは脈ありということでいいんだろうか？

セルディが内心唸《うな》っていると、エリアスルードが表情を引き締めて言った。

「それよりセルディ。マゴスの穴の調査がほぼ完了したそうだ」

その言葉にセルディの頭の中で、即座に意識が切り替わる。気のいい兄貴分としての意識から、「騎竜隊副隊長」としての意識へと。

「そうか。ということは、いよいよだな」

「ああ、これからマゴスとの戦いは新たな局面を迎える。マゴスのいる世界とこの世界を繋いでいる穴を封じ込めるという、な」

青緑色の瞳をすっと細めて、エリアスルードは宣言するように告げた。

「作戦の決行は三日後だ。不測の事態に備えて、騎竜隊の半数はミゼルの砦《とりで》で待機。残りの騎竜隊もいつでも出動できるよう、準備を整えておくようにとの命令だ」

＊　＊　＊

その頃、セルヴェスタンの屋敷には、意外な客が訪れていた。

自室で落ち込んでいる透湖のもとへミリヤムが駆け込んでくる。

「大変よ、透湖！　あなたに会いたいって、クラウディアが来ているの！」

「え？　クラウディアって、この前言っていたフィデル辺境伯の？」

「そう！」

「ミリヤムやセルヴェスタンさんじゃなくて、私に会いに？　どうして？」

「分からない。でも断言するわ。絶対碌《ろく》な用件じゃないわよ」

ミリヤムと一緒に応接室に行くと、侍女を二人従えたクラウディアが我が物顔でソファに座っていた。

「お待たせしました」

入ってきた透湖をしげしげと見つめていたクラウディアは、彼女が向かいのソファに腰を下ろしたとたん、攻撃を開始した。

「近くで見ると、ますます奇妙な被り物ね。そんなものを四六時中被っているあなたの気が知れないわ」

——なんだ、この人。すごく失礼な人だな。

そう思いながらも透湖は律儀《りちぎ》に返事をする。

「すみません。でもこれを被っていないと話もできないので」

「ふん。不便なのね『来訪者』って」

失礼な言いように、隣でミリヤムが身体を硬くこわばらせる。他人の家に押しかけてきた挙句《あげく》、客人でもある透湖に喧嘩腰《けんかごし》で話しかけてくるのだ。この家の者として到底許せることではないのだろう。

だが不思議なことに、ミリヤムが怒ってくれているので、透湖はかえって冷静になることができた。

「わたくし、素顔も知れない人間と話そうとは思いませんの。その変な被り物、取ってくださらない？」

「ちょっと！　失礼だと思わないの!?」

「ありがとう、ミリヤム。でも大丈夫だから」

ソファから立ち上がったミリヤムを宥《なだ》めると、透湖はクラウディアに向き直った。

「顔を見せるのは構いません。でもこの被り物がないと、私はあなたの言っていることが分かりませんし、あなたも私の言葉が分からないので、少しお見せするだけですよ？」

そう言うなり透湖は着ぐるみの頭に手をかけて脱ぐ。

クラウディアはしげしげと透湖の顔を眺めてから、ふっと鼻で笑った。

「大したことないわね。わたくしの敵じゃないわ」

「ちょっと、いい加減にしなさいよ！」

透湖にはクラウディアが何を言っているのか分からなかった。けれど、彼女のバカにしたような表情と、ミリヤムのムッとしたような顔で、碌《ろく》なことではないのが分かる。

着ぐるみの頭をずぼっと被ると、透湖は言った。

「それで、用件はなんでしょうか？　私の素顔を見にわざわざ来たわけじゃないのでしょう？」

自分とミリヤムの血圧のためにも、彼女には一刻も早くお帰りいただくのが吉だ。そんな気持ちで促《うなが》したのだが、言い方が気に入らなかったのか、クラウディアは思いっきり顔をしかめていた。

けれど、気を取り直したらしく姿勢を正すと、まっすぐ透湖を見つめて口を開く。

「そうですわね。では単刀直入に言わせていただくわ。エリアスルード様に近づかないでいただきたいの。あの方は王家の流れを汲《く》むアージェス侯爵家の四男。しかも国の英雄とも言える人よ。あなたとは身分が違うの」

——なるほど、この人はエリアスルードさんのことで牽制《けんせい》しに来たのか。でもどうして私を？

「貴族のエリアスルード様には、同じ貴族であるわたくしの方がふさわしいわ。得体の知れないあなたなど、お呼びじゃない。さっさとエリアスルード様の傍《そば》から離れなさい」

透湖は目を瞬《しばたた》かせながら、自信に満ちたクラウディアの顔を見つめる。彼女は本気で、心からそう思っているようだ。

「なんであなたにそんなことを言われなくちゃならないの!? そもそもエリアスルードはあなたのことなんて少しも好きじゃないのに！」

とうとう怒り心頭に発したミリヤムが怒鳴った。透湖はミリヤムを手で制しながら、クラウディアに静かな口調で尋ねる。

「あなたのお話というのは、それだけですか？」

「あ、当たり前じゃない」

「だったらお答えします。返事はノーです。私はご存知の通り『来訪者』ですから、あの人が貴族とか英雄とか関係ありません。エリアスルードさんはエリアスルードさんです。そんな理由で彼の傍《そば》から離れることはありません」

クラウディアの表情が険《けわ》しくなる。けれど透湖は構わず続けた。

「でも、それはあなたが考えているような理由ではなく、私と彼は戦友のようなものだからです。だいたい、私を牽制《けんせい》するのはお門《かど》違いですよ。エリアスルードさんには、他に好きな女性がいるそうですから」

ハッとしたようにミリヤムが透湖を見つめる。透湖はミリヤムに苦笑してみせた。

「セルディさんとミリヤムの話、聞こえちゃったの。気を遣わせてごめんね、ミリヤム。私は……

大丈夫だから。エリアスルードさんと私は戦友。それだけだもの」

「透湖……」

「ちょっと待ちなさいな。エリアスルード様に好きな女性がいるというのは本当ですの？」

二人の会話にクラウディアが割り込んだ。透湖とミリヤムは顔を見合わせる。そして答えたのはミリヤムだった。

「本当よ。セルディがそう言っていたもの。でも素性が分からないから、該当する女性を捜しているらしいわ。詳細を知りたいなら、自分で聞きなさいよ」

「……そうね、そうするわ」

クラウディアは立ち上がりながら答えた。

「お邪魔しましたわね。帰らせていただくわ」

「先触れもなく勝手に来たくせに」

ミリヤムが嫌味たらしく言ったが、クラウディアは無視した。侍女二人を従えて応接室を出ていく。

「まったく。人騒がせな上に、相変わらずむかつく女ね！」

顔をしかめるミリヤムに、透湖はにっこり笑って言った。

「ミリヤム。塩持ってきてもらえないかしら。玄関に撒《ま》きたいの」

＊　＊　＊

ロード家の屋敷を出たクラウディアは侍女の一人に命じる。

「エリアスルード様の想い人とやらを探ってちょうだい」

「はい。お任せください、クラウディア様」

頭を下げた侍女は、すっと主《あるじ》から離れていく。

クラウディアが馬車の中で待っていると、先ほどの侍女が戻ってきて言った。

「クラウディア様、分かりました。エリアスルード様の想い人というのは、小柄で少し幼い顔だちをした黒目黒髪の女性だそうです」

「小柄で少し幼い顔だちをした黒目黒髪の女性……」

クラウディアには心当たりがあった。つい先ほど該当する人物を見たばかりだからだ。

「……何よ、あの子のことじゃない！　バカにして！」

緑色の瞳が怒りを帯びる。クラウディアは手にしていた扇子《せんす》を壊さんばかりにぎゅっと握りしめた。

「何が戦友よ！　あの女、絶対に許さないわ！」

わめくクラウディアを侍女たちが不安そうに見つめていた。

第八章　ピンチからの大逆転

ファンデロー国とトランザム国の魔法使いたちが忙しく準備を行《おこな》っている。

「いよいよね」

リサールが穴を見下ろしながら呟《つぶや》く。同じように魔法使いたちの準備を見守りつつリースファリドが頷《うなず》いた。

「ええ。とうとうこの日を迎えました。しかし、封印とこの場の破壊を両方行《おこな》うとは徹底していますね。もう使えないように封印するだけなら、もっと早く作業を終えられるのでは？」

その質問にリサールが肩を竦《すく》めた。

「封印だけだと、いつか破ろうとする者が現れるかもしれないもの。ここを二度と使わせないためには、場そのものを破壊するのが一番よ」

「封印を破ろうとする者……ですか」

リースファリドの脳裏には、会議の場で会ったナースティ国の魔法使い代表の顔が浮かぶ。ファンデロー国に現れた「来訪者」である透湖の存在をリサールが暴露《ばくろ》しても、代表は薄ら笑いを浮かべるだけだった。

「この穴についてナースティ国はなんと言っているんですか？　さすがにこれだけの騒ぎになっていれば、あちらにも『マゴスの穴』のことは筒抜けだと思うのですが」

「何も言ってこないの。だからよ」

「……なるほど」

納得してリースファリドは小さくため息をついた。

二重に対策をするのは、ナースティ国の魔法使いたちが封印を解いてしまうかもしれないと警戒してのことなのだ。

「私はあの国について何一つ信用していないの」

厳しい口調でリサールが吐き捨てる。どこか飄々《ひょうひょう》としている彼女がこれほど負の感情を露《あら》わにするのはナースティ国に関することだけだと、リースファリドはもう気づいていた。どうやらリサールとナースティ国の間には、なんらかの確執のようなものがあるらしい。

「彼らなら嫌がらせのため、あるいは自分たちで穴を研究するために、封印を解くことくらいするでしょうよ。そうさせないためにも、徹底的にここを破壊する必要があるの」

「そうですね。おっしゃる通りです」

「幸い、今のところなんの妨害もなく準備は順調に進んでいるわ。このままいけば数時間ほどで穴の封印と場の破壊を完了させられるはず。でも……」

急にリサールが顔を曇らせる。気になることがあるのだろう。彼女と一緒に何日も穴の調査を続けたリースファリドには、その懸念《けねん》がなんなのか分かっていた。

「気になっているのは、この穴を出入りするマゴスの数や頻度が極端に減ってきていることですか？」

リースファリドは尋ねる。リサールはややあってから頷《うなず》いた。

「……ええ。しかもここ数日、マゴスは一体も出入りしていない。……マゴスの知能がどれほどのものなのかは分かっていないわ。使う魔法もおおざっぱだし、力で押してくることが多いから、知能はそれほどないと言われている。けれど、穴を覆《おお》い隠していた魔法は驚くほど緻密《ちみつ》な魔法だったわ。これを施《ほどこ》したのがマゴスだとしたら、その知能は侮《あなど》れない」

「そのマゴスの動きに、我々が調査を始めてから変化があった……。もしかしたら、こちらのやろうとしていることに気づいているかもしれない、ということですか？」

「ええ。気のせいだといいのだけど……」

リサールは穴を見つめて呟《つぶや》く。リースファリドもつられたように、黒い霧で底が見えない穴を見つめた。

＊　＊　＊

今日はマゴスが通ってくる異世界への穴を塞《ふさ》ぐ作戦の決行日だ。

透湖とセルヴェスタン、それにセルディとミリヤムは、砦《とりで》で待機することになっている騎竜隊を見送るために中庭に出ていた。

「では行ってきます、総団長」

先発隊を指揮するのはエリアスルードだ。エリアスルードは透湖の隣にいるセルディに視線を移す。

「あとは頼んだぞ、セルディ」

「おう。あとは任せろ。何かあったら残りの騎竜隊を率《ひき》いてすぐに向かう」

エリアスルードは頷《うなず》くと、今度は透湖に視線を向けた。透湖は思わずどきっとする。

実はエリアスルードに好きな相手ができたことを知ってから、顔を合わせるのはこれが初めてだった。ここ数日はマゴスが砦《とりで》を襲ってくることがなかったからだ。

――どういう顔をして会えばいいのか分からなかったけれど、考えてみれば、いつも着ぐるみの頭を被っているのだから、気にする必要はなかったのだわ。

透湖が着ぐるみの中でいくら表情を曇らせようと、エリアスルードには見えない。たとえ泣いても分からない。

要はいつもと変わらない態度を保てばいいのだ。

「な、なに？　どうしたの、エリアスルードさん？」

じっと自分を見つめるエリアスルードに、透湖はいつもの口調を保ちながら尋ねる。するとエリアスルードは、ハッとしたように目を瞬《しばた》かせた。

「すまない。なんとなく、いつもより元気がない気がして」

「そ……んな、ことはないですよ？　いつもと同じです！」

どうして分かったんだろうと思いながら、透湖は明るく返事をする。

「そうか……それならいいんだが」

エリアスルードはどこか腑《ふ》に落ちない様子だったが、それ以上深く踏み込むことはなかった。

――こういうところ、意外に気を配れる人なのよね。

ミリヤムはエリアスルードのことを朴念仁《ぼくねんじん》だの、女性の扱いがなってないだの、散々に言っている。だが、彼女が言うほど気遣いできない人ではないと思うのだ。

確かに真面目で融通《ゆうずう》がきかない部分もあるが、とっつきにくい人かと思えば意外によく笑ったりするし、透湖にだって気軽に声をかけてくれる。こうして気遣ってくれる。

――……ああ、やっぱり私、顔が好きなだけじゃないいんだ。ちゃんと、エリアスルードさん自身のことも好きだったんだなぁ……

今さらながら透湖は自覚する。けれど、これは実ることのない想いだ。

落ち込みそうになるのをこらえ、透湖は明るい声で続けた。

「エリアスルードさん、私も何かあったらすぐに砦《とりで》に行けるように、着ぐるみフル装備で待機していますね」

「あ、ああ。頼む。何事もなく終わるように祈っているが……どうもここ数日、嫌な予感がして仕方ないんだ」

エリアスルードはミゼルの砦《とりで》がある方角に向かって目を細めた。透湖も思わず同じ方向を見る。もちろんそこに砦《とりで》はなく、国境警備団の建物が見えるだけだったが。

——嫌な予感って……意外に当たるんだよね……

空に次々と飛び立っていく騎竜を見送りながら、透湖は言い知れない不安に襲われていた。

それはある意味、予兆だったのかもしれない。

＊　＊　＊

同じ頃、ロード家の屋敷の裏口から、質素な服を着た女がそっと出てきた。大きな布でくるまれた包みを手にしている。彼女は下働きとして昨日から働き始めたばかりだった。

女は誰にも見られないようキョロキョロと周囲を見回しながら、外で待機していた商人風の男に包みを手渡す。男は受け取った包みを荷車に積み込むと、周囲を別の荷物で覆《おお》い、何食わぬ顔をして堂々と国境警備団の門から出ていった。

＊　＊　＊

ちょうどその頃、魔の森の一角ではマゴスの穴を封じるための準備がようやく終わろうとしていた。

「よし、全員配置について！　今から封印を開始するわ」

リサールが指示を出す。リースファリドも飛行の魔法を使って空に飛び上がると、穴を見下ろせる位置に移動する。真上から魔法使いの目で見ると、穴のすぐ上にまるで蓋《ふた》をするかのように、青い光を放つ巨大な魔法陣が浮いていた。

封印のための魔法陣だ。

だが魔法陣はまだ完成していない。これから最後の仕上げとして全員で魔力を注ぎ込み、蓋《ふた》をする形で穴を封印するのだ。その上で、別に待機している魔法使いたちが穴自体を破壊して、二度と再構築できない術を施《ほどこ》す。そういう計画だった。

「封印チーム、準備はいい？」

穴の周辺をぐるりと囲むように、等間隔に魔法使いたちが配置されている。彼らはＯＫとばかりに手を振った。リースファリドは穴の上空で魔法陣の様子を確認し、その状態をリサールに知らせる役目だ。

リースファリドは魔法陣に問題がないかざっと確認すると、リサールに合図を送る。そしてリサールが封印開始の声をあげようとしたその時、急にリースファリドは穴の中で魔力の濃度が高まっていることに気づく。

「何かが――いや、マゴスが来る……！　それも大量に！」

今までにないほどの魔力を持った何かが、穴の中からせり上がってくるのが分かった。リサールもそれに気づいたようで、ハッとしたように穴を見つめる。

数秒後――黒い霧の中から次々とマゴスが現れた。それも数体というレベルではなく、連《つら》なった何十体ものマゴスが封印の魔法陣を通過して出てくる。

「なっ……」

そのありえない数に誰もが絶句した。今まで一度に現れたマゴスの数は多くても八体ほどだ。その八体ですら討伐するのは大変で、何十人もの人間が犠牲になっている。

「二十体もいる……だと？」

その二十体あまりのマゴスが一斉にミゼルの砦《とりで》の方角に向かう。それを見て、さすがのリースファリドも顔を引きつらせた。しかも恐ろしいことに、穴からはまだマゴスが現れようとしている。

「っ、やっぱり、封印の動きはあちらにも筒抜けだったようだね」

危惧《きぐ》していた通りだ。穴から現れるマゴスの数が減り、ここ数日とうとう姿を見せなくなったのは、こちらの動きを警戒してのことだったのだ。

そしてマゴスたちは今日、穴が封印されることをどうやってか察して、阻止するために現れたのだろう。

穴から新たなマゴスたちが出てくる。だが、その五体のマゴスは砦《とりで》の方角には行かず、あろうことか魔法使いたちに襲いかかった。護衛についていた騎竜隊がマゴスの気を逸《そ》らそうと試《こころ》みるが、魔法使いたちの方が魔力が高いので、どうにもうまくいかないようだ。

そういうリースファリドも一体のマゴスに執拗《しつよう》に狙われている。彼らがあまり上空には行けないことを逆手に取って、空高く身を躍《おど》らせると、ローブの下から連絡用の魔法石を取り出した。

「総団長！　聞こえてる!?　緊急事態だ！」

＊　＊　＊

透湖は屋敷に戻ると、自室へ向かった。着ぐるみの胴体を身に着けて、いつでも出られるようにするためだ。

ところが、部屋に入ってすぐ違和感に気づく。部屋の隅に置いておいたはずの着ぐるみがないのだ。いつもは型崩れしないよう、顔のない人形《マネキン》に被せて保管してあるのだが、着ぐるみだけが消えて、人形がぽつんとそこにあった。

「え……？」

透湖はぎょっとする。思わず部屋をキョロキョロと見回して馴染《なじ》みの姿を捜したが、やはりどこにもない。

一瞬、部屋の掃除をしてくれている侍女がどこかに移動させたのかと思ったが、すぐにそれはないと否定する。彼女はずっと前からロード家に仕えている古参の侍女で、着ぐるみが透湖にとってどれほど大事なものか知っているので、触ることすらしなかったのだから。

――と、とにかくミリヤムとマリアさんに知らせなきゃ！

「ミリヤム、ミリヤム、大変！」

大声をあげながら透湖は部屋を飛び出した。

やはりというべきか、侍女の女性は着ぐるみがなくなっていることに気づいていなかった。そもそも彼女は今日、まだ透湖の部屋に一歩も足を踏み入れていないというのだ。

「じゃあ、着ぐるみはどこへ……」

ミリヤムが難しい顔になった。マリアも心配そうに頬に手を当てている。

「とにかく、執事と家政婦長に頼んで他の使用人たちに聞いてもらいましょう」

「そうね、お母様。この屋敷から何かに包んで持ち出すにしろ、あれだけ大きいものを抱えていたら目立つもの。きっと誰かが何かを目撃していると思うの」

執事と家政婦長は、さっそく使用人たちに聞きに回った。その結果、昨日雇《やと》われたばかりの女が大きな包みを抱えて裏口から出ていったのを、使用人の一人が偶然目撃していたことが分かった。

女はそれ以降姿を消していたが、警備兵に捜させた結果、自宅に戻っていたところを捕まって、マリアから連絡を受けたセルヴェスタンとセルディの前に引き出された。

どうやら女は最初から透湖の着ぐるみを盗む目的でロード家に入り込んだようだ。そして透湖とミリヤムが見送りのために屋敷を離れた隙に、透湖の部屋に侵入して着ぐるみを盗み出したらしい。

「それで、着ぐるみを盗んで商人に渡したと？　なぜそんなことを引き受けた？　金か？」

「お金？　お金のためじゃないわ！　『来訪者』のせいで私の人生がめちゃくちゃにされたのよ！」

透湖には思いもよらないことだったが、女は「来訪者」に恨みを抱いていたのだ。

女は透湖がやってくる前までは国境警備団の医療班の一人として働いていた。それほど腕がよかったわけではなく、周囲からの評判も悪かったのだが、何しろ毎日のように怪我人が大勢担《かつ》ぎ込まれるような状況では、常に人手不足なのでクビにはできない。

ところが透湖が活躍するようになって怪我人もあまり出なくなったため、医療班のトップはこれ幸いと女を解雇してしまったのだ。だから女は自分が解雇されたのは透湖のせいだと、逆恨みするようになったという。

そんなある日のこと。以前からの知り合いである商人に持ちかけられたのが、透湖の着ぐるみを盗む「仕事」だった。

「この屋敷の下働きとして雇《やと》ってもらえるよう口利きしてやるから、隙を見て『来訪者』の被り物を盗んでこいと言われたのよ。誰の差し金かですって？　知らないわ。その商人に聞いてよ」

女が商人の名前を出す。するとセルヴェスタンには商人の裏にいるのが誰か分かったようだ。

「フィデル辺境伯だな。国境警備団では昔から近所のよしみで、フィデル辺境伯領から食料の一部を仕入れているんだ。で、その商人がフィデル辺境伯から一任されて品物を国境警備団に卸《おろ》している。商人が自主的に危ない橋を渡るわけがないから、フィデル辺境伯かもしくはその家族に命じられたんだろう」

「クラウディアだわ！」

すぐにミリヤムが叫ぶ。

「クラウディアに決まってるわ！　エリアスルードのことで、透湖のところに牽制《けんせい》しに来たもの！」

「距離から言って、商人の手によって着ぐるみがフィデル辺境伯の屋敷に運び込まれるまで、まだ少し時間がある。よし、騎竜を出そう。騎竜ならフィデル辺境伯の屋敷までそれほどかからずに行ける。ギリギリ間に合うぞ、透湖」

透湖は着ぐるみがないことで気が動転し、おろおろしっぱなしだったが、そのセルディの言葉でハッとする。

——そうだ。着ぐるみがクラウディアの手元に渡ったら、何をされるか分かったものじゃない。捨てられるくらいならまだしも、もしズタズタに切られたり、燃やされたりしたら？

会話なら今身に着けている着ぐるみの頭があればなんとかなるが、いざ戦闘となると頭だけでは無理だ。威力が半分以下に減ってしまう。

——それに何より、あれレンタル品なのよ！　絶対無事に持ち帰らないと弁償ものだわ！

「セルディさん、お願いします！　騎竜でフィデル辺境伯の屋敷まで連れていってください！」

「よし来た。任せろ！」

ところがその時、信じられないような一報がセルヴェスタンのもとへと入る。彼の持つ遠見《とおみ》用の魔法石からリースファリドのいつになく切羽詰《せっぱつ》まった声が響いてきたのだ。

『総団長！　聞こえてる⁉　緊急事態だ！　穴の封印直前に、大量のマゴスが穴を通ってこちらの世界に侵入してきた！　やつらはミゼルの砦《とりで》に向かってる！　至急、残りの騎竜隊と透湖を砦《とりで》に向かわせて！　今の人数じゃ、あの数を相手にそんなにもたない！』

「なんだと⁉　一体どのくらいの数が砦《とりで》に向かっているって言うんだ！」

魔法石を持ち上げてセルヴェスタンが怒鳴り返す。すると、半分やけくそのような返事が返ってきた。

『二十体近い！　いや、穴の方で僕らと対峙《たいじ》しているマゴスを合わせると、もっといる！』

その言葉に全員が顔を見合わせる。

——二十体ですって⁉

「ちっ、なんでこのタイミングで……」

セルヴェスタンが舌打ちしたが、それはこの場にいる全員に共通した思いだった。

二十体ものマゴスを討伐するためには、透湖の力が絶対に必要だ。それなのに、肝心の着ぐるみがこのタイミングで盗まれて手元にないのだ。

絶体絶命の状況だったが、セルヴェスタンの決断は早かった。

「セルディ！　今すぐ残りの騎竜隊を率《ひき》いて砦《とりで》に飛べ！」

「し、しかし、透湖の着ぐるみを取り戻さないと……」

「俺がフィデル辺境伯の屋敷に透湖を連れていく。なあに、ここでふんぞり返って戦況を見守っていても、どうにもならないさ。それより辺境伯の屋敷に乗り込むんだ。伯爵の俺がいた方が色々といいだろう。だからここは任せて砦《とりで》に行け。透湖が着ぐるみを取り戻して向かうまで、なんとかもたせろ」

「分かりました。よろしくお願いします！」

セルディがセルヴェスタンの執務室を飛び出していく。

「よし、透湖は俺と一緒に来てくれ。俺の騎竜を呼ぶ」

言いながらセルヴェスタンは椅子から立ち上がった。だが透湖は戸惑う。

「騎竜？　セルヴェスタンさんは騎竜を持っているんですか？」

騎竜は貴重だし、乗るのに技術もいると聞く。それになんといっても、これと決めた人間の命令しか聞かない生き物だ。そう簡単に騎竜を持てるわけではない。

「あん？　エリアスルードの前の騎竜隊隊長が誰だと思っているんだ。騎竜くらい持っている」

その言葉通り、セルヴェスタンは執務室のある建物を出たとたん、ピューと空に向かって口笛を吹く。すると、どこからともなく大きな騎竜が降り立った。

「俺の騎竜だ。隊長を引退する時に、別の誰かを乗り手に選べとこいつに言ったんだが、結局誰も乗せなくてな。俺と一緒にセノウまで来ちまったんだ」

よしよしとセルヴェスタンが柔らかな毛に覆《おお》われた首を撫でる。騎竜は気持ちよさそうに目を細めた。それだけで二人――いや、一人と一頭が深い絆《きずな》で結ばれているのが分かる。

「よし、乗れ透湖。フィデル辺境伯の屋敷に向かうぞ」

「お父様、私も連れていって！」

二人の後をついてきていたミリヤムが口を挟む。ダメだと言うかと思いきや、セルヴェスタンは二つ返事で許可した。

「いいぜ。もし父親の方が出てきたら俺に任せておけ。娘の方はお前と透湖に頼む」

「任せてよ、お父様！」

セルヴェスタンに続いて透湖とミリヤムが騎竜の背中に乗り込む。セルヴェスタンの騎竜は翼を大きく広げると、ふわりと空に浮き上がった。その時、中庭からはセルディ率《ひき》いる騎竜隊の一部が砦《とりで》に向けて次々と飛び立っていく。

砦《とりで》の方角へ向かう騎竜たちに発破《はっぱ》をかけるように、その上空で一度大きく旋回してから、セルヴェスタンの騎竜はたった一頭だけ離れて、反対の方角へと飛び始めた。

＊＊＊

商人の手で届けられた透湖の着ぐるみを前に、クラウディアは悦《えつ》に入《い》る。

「ふふ、これがなくて、さぞ慌てているでしょうね。これでもう『英雄』気取りはできないわね。できれば頭の方を盗んでほしかったけれど、こっちの方で勘弁してさしあげるわ」

上機嫌なクラウディアに対して、傍《そば》にいる侍女たちの方は何やら不安そうな表情をしている。まさか商人が手配したという女が本当に着ぐるみを盗めるとは思っていなかったのだ。

「あ、あの、大丈夫でしょうか、クラウディアお嬢様。もしマゴスが襲ってきた時にその被り物がなければ、砦《とりで》は……」

だが、その懸念《けねん》をクラウディアは一蹴《いっしゅう》した。

「大丈夫よ。今日、例の穴を塞《ふさ》いでしまうそうよ。そうすれば砦《とりで》に襲いかかってくるマゴスもだいぶ減ると聞いているから、あの娘の力が使えなくても問題はないでしょう」

「そうだといいのですが……」

彼女たちは知っていた。マゴスがミゼルの砦《とりで》を越えてしまえば、風の向きから言ってまず最初に襲われるのがセノウの街ではなく、このフィデル辺境伯領だということを。なぜなら、旧ミゼル国で最初にマゴスに蹂躙《じゅうりん》された土地は、まさしくここだったからだ。

フィデル辺境伯の領地で生まれ育った者なら、誰でも知っている事実だった。

「お嬢様、あの、この着ぐるみは一体どうするつもりなのですか？」

「焼いてしまいなさい。そんな醜悪《しゅうあく》なもの、見ているだけで不快だわ。火にくべてしまえばどんなにすっきりすることか」

クラウディアの言葉に侍女たちは困惑したように顔を見合わせた。

「で、ですが、もしロード伯爵に知られたら、とても厄介なことになります。伯爵といっても、あちらは王家の外戚ですもの。お嬢様だけでなく、旦那様まで罪に問われる可能性も……」

「ふん、それを燃やしてしまえば、わたくしが盗ませたという証拠もなくなるわ。証拠がなければロード伯爵だって何もできないでしょう。知らぬ存ぜぬで通してしまえばいいのよ」

平然と言って、クラウディアは侍女の淹《い》れたお茶のカップを優雅な仕草で持ち上げる。自分は絶対に大丈夫だという自信が態度にも表れていた。

「その醜《みにく》いものをここから出して、さっさと燃やしなさい」

侍女たちはこんなことをして大丈夫だろうかと不安になりながらも、主《あるじ》の命令には逆らえなかった。着ぐるみを二人がかりで運び、庭の焼却炉で燃やすよう下男に指示する。そして主《あるじ》の部屋に戻る途中で、窓の外に視線を向けた一人が「あっ」と声をあげた。

セルヴェスタン・ロードとその娘のミリヤム・ロード、それに「来訪者」の透湖を背中に乗せた立派な騎竜が屋敷の前庭に降り立つ。

二人の侍女は顔を見合わせると、慌てて主《あるじ》のもとへ向かった。

「お嬢様！　大変です！　外にロード伯爵たちが……！」

＊　＊　＊

一方、フィデル辺境伯の屋敷の前庭に到着したセルヴェスタンは、透湖とミリヤムを騎竜の背中から下ろすと、慌てて扉を開けて走ってきたフィデル家の執事に高圧的な口調で命じた。

「フィデル辺境伯とクラウディア嬢を今すぐ呼べ」

「は、はい！　ただ今お呼びいたしますので、お待ちください！」

中に引っ込む執事を見送り、その場を動こうとしないセルヴェスタンにミリヤムが声をかける。

「お父様、屋敷の中に入らないの？」

「あっちのペースに巻き込まれるわけにはいかないからな。ここで待とう」

するとしばらくして、まるまると肥えた中年の男性が転がるようにして出てきた。彼がフィデル辺境伯なのだろう。

「ロード伯爵！　い、一体何事ですかな？」

慌てているようだが、ふっくらしたその顔に、やましそうな表情はなかった。もしかしたら父親の方は、娘がしたことを知らないのかもしれない。透湖はそんなふうに感じていた。

「フィデル辺境伯。お宅の令嬢が商人のソルダンに命じて、うちの屋敷から『来訪者』の着ぐるみの一部を盗ませたんだ。それを返してもらいに来た」

「うちのクラウディアが『来訪者』の着ぐるみを盗んだ？　ソルダンに命じてですか？」

フィデル辺境伯は仰天《ぎょうてん》している。やはり知らなかったのだと透湖は確信した。

「まぁ、ロード伯爵。ミリヤム様たちも一体どうなさったのです？」

遅れて娘の方が侍女二人を引き連れて悠然と玄関から現れる。なんの用事で来たかは百も承知のくせに、父親よりよほど面《つら》の皮が厚いようだ。

「わたくしが『来訪者』の着ぐるみとやらを盗ませた？　一体なんのことかしら？　わたくしがやったという証拠でもあるのかしら？」

「この、いけしゃあしゃあと！」

ミリヤムがクラウディアを睨《にら》みつけたが、彼女は鼻で笑うだけだった。

「まぁ。ミリヤム様ったら、とても貴族令嬢とは思えない言葉と態度ね。もう一度礼儀作法をやり直したらいかが？」

それまで黙って聞いていたセルヴェスタンが一歩前に出て、目を細めてクラウディアを見据える。

「証拠はあるが、今はいちいち御託《ごたく》を並べて議論している暇はねえんだ。俺の言いたいことは一つだ。さっさと着ぐるみを透湖に返せ」

その声の低さと抑えた口調から、透湖とミリヤムはセルヴェスタンがだいぶ頭にきていることを悟った。

「……セルヴェスタンさんが激怒してる」

「さすがのお父様も頭にきているようね。普段は全然怒らないけど、一度怒らせると怖いんだから。今のうちに素直に返すことをオススメするわ」

けれどクラウディアは絶対に大丈夫だと自信があるのか、嫣然《えんぜん》と笑った。

「わたくしは知らないと言っているではありませんか。いくらロード伯爵といえど、貴族令嬢のわたくしに証拠もなしに嫌疑をかけて無事ですむと思ってらっしゃるの？」

「ク、クラウディア……」

それは明らかな脅《おど》しだった。あまりに強気なクラウディアの態度に、父親であるフィデル辺境伯も面食らっている様子だ。

セルヴェスタンは気持ちを抑えるかのように、ふぅっと息を吐くと、静かな口調で言った。

「証拠も証言もある。だが、御託《ごたく》を並べている暇はないと言ったはずだ。今ミゼルの砦《とりで》はマゴスに襲われている。三体や四体じゃねえ。二十体以上のマゴスによってだ」

その言葉で、強気だったクラウディアの態度が初めて崩れた。

「え？　マゴスが？　で、ですが、マゴスの穴は今日、魔法使いたちに塞《ふさ》がれる予定では？」

「封印する前に大量のマゴスが穴から飛び出してきたんだ。そのうちの何体かに襲われて、魔法使いたちも穴を封印しそこねている」

セルヴェスタンは懐《ふところ》から遠見《とおみ》ができる魔法石を取り出すと、クラウディアの目の前に突きつけた。その平べったく加工された石に映っているのは、砦《とりで》に向かって飛んでいる何体ものマゴスの姿だった。

「こ、これは……」

クラウディアと侍女たち、それにフィデル辺境伯も愕然《がくぜん》とした様子で魔法石に映る光景を見ていた。

まるで渓谷と空が黒い物体で覆《おお》い尽くされているかのようだ。その合間をエリアスルードとセルディ率《ひき》いる騎竜隊が飛び交い、なんとかマゴスを足止めしようとしている。けれど、数が多すぎてどうにもならないでいた。

『透湖が来るまで、なんとしてもマゴスを砦《とりで》に近づかせるな！』

幅の広い剣を横に振るい、マゴスの右手を両断しながらエリアスルードが叫んでいる。だが、マゴスの動きは止まらない。徐々に砦《とりで》に迫りつつあった。

「これで時間がないと言った理由が分かるだろう？　あの数のマゴスが相手じゃ砦《とりで》が崩されるのは時間の問題だ。そして砦《とりで》を越えたマゴスたちが向かうのは、セノウとこのフィデル辺境伯領だ」

「な、なんたることだ……！」

フィデル辺境伯の顔から血の気が引いた。その隣で、クラウディアが膝から崩れて尻もちをつく。

貴族令嬢として大切に育てられた彼女は、マゴスに対する知識はあっても、その目で実物を見たことすらなかったのだ。

彼女の目に映るマゴスは強大で恐ろしげで、人間がとてもちっぽけに見えた。

クラウディアの侍女たちは腰を抜かした主《あるじ》を無視し、震えながらその場に跪《ひざまず》いて頭を下げる。

「も、申し訳ありません！」

「ク、クラウディアお嬢様に命じられて、着ぐるみは焼却炉で焼くようにと下男に……！」

「な、なんだって、お前たちっ……」

クラウディアが着ぐるみを盗ませた犯人だということと、そのせいで取り返しのつかない事態になりつつあることを悟って、フィデル辺境伯は絶句した。

「焼却炉で焼くですって⁉」

ミリヤムが悲鳴をあげる。

その時、透湖はうなじにチリチリとした感覚を覚えて、ハッと屋敷の方を見つめる。

セルヴェスタンが「チッ」と忌々《いまいま》しそうに舌打ちして、フィデル辺境伯に迫った。

「焼却炉はどこだ！」

「や、屋敷の裏手です」

「どこだ！　早く案内しろ！」

――それじゃ、間に合わない。

不意になぜか急《せ》くような感覚に襲われて、透湖は足を踏み出していた。

「こっち！　こっちに着ぐるみがある！」

突然走り出した透湖に驚きつつ、セルヴェスタンとミリヤムも彼女を追った。さらにその後をフィデル辺境伯とその執事が追う。

一方、クラウディアは腰を抜かしたままだった。

彼女は自分のしでかしたことの恐ろしさをようやく理解し始めていた。あのマゴスがそのままこちらに来たら――そう思うと足が竦《すく》んでしまい、身体に力が入らなかった。そんな彼女を、侍女たちは遠巻きに見ているだけだった。


大きな屋敷をぐるっと回り込み、気持ちが急《せ》くまま裏庭へ向かった透湖は、庭の端《はし》に煉瓦《れんが》で作られた焼却炉らしき建物を見つけた。下男と思《おぼ》しき初老の男性が、焼却炉の蓋《ふた》を開けては、足元にあるゴミを投げ入れている。

その足元に着ぐるみがあるのを見つけて、透湖はホッとした。だが、それもつかの間のこと。なぜなら、下男が次に手に取ったのが、透湖の着ぐるみだったからだ。

「やめて！」

「おい、やめろ！」

セルヴェスタンが走りながら叫ぶ。けれど、下男は耳が遠いのか、その声が聞こえないようだった。後ろを振り返ることなく焼却炉の蓋《ふた》を開けて、ぼうぼうと燃え盛る火の中に着ぐるみを放り込んだ。

「きゃああ！　やめて！」

ミリヤムの悲鳴が響き渡る。

どうすることもできず、走り寄るしかない透湖の目には、一連のことがまるでスローモーションのように映っていた。

――だめ、だめ、だめ！　あれがないと、私は……

その時、走りによる振動のせいか、ワンピースの内側に入れていた石が服の襟元《えりもと》から飛び出してきた。

胸の真ん中で弾《はず》む、水色と虹色に輝く涙形の石には見覚えがあった。それはエリアスルードからお守り代わりに贈られた、魔法効果のついた魔法石のネックレスだ。

――そうだ。確かエリアスルードさんは、何かあったらこれを使えと言っていた。呪文さえ口にすれば使えるようになると。

――あの時、彼はなんて言っていた？　そうだ、確か……

透湖は走りながら、涙形の石をぎゅっと右手に握りしめて叫んだ。

「水の輪よ、出《い》でよ！」

その瞬間、石からは大量の水が噴き出した。けれど不思議なことに、その水が透湖の手や身体を濡らすことはない。噴き出した水が意思のようなものを待っていることに気づいた透湖は、石を握りながら命じる。

「水よ！　焼却炉の火を消して！」

そのとたん、大量の水が渦《うず》を巻いて空に舞い上がる。その水柱は大きく弧を描きながら焼却炉の方に向かった。そしてようやく振り返った下男を吹き飛ばし、閉じられた扉をものすごい勢いで弾《はじ》き飛ばして、燃え盛る炎に降り注いだ。

じゅうじゅうと激しい水蒸気が上がる。

やがて音が収まると、透湖は焼却炉に走り寄り、扉の内側に手を突っ込んだ。

「火傷《やけど》に気をつけて、透湖！」

「大丈夫！　全然熱くない！」

エリアスルードの魔力で編まれた水の魔法の方が火よりも圧倒的に強かったらしく、焼却炉の中は水浸《みずびた》しだった。それにも構わず透湖は手に触れた馴染《なじ》みのあるものをひっぱり出す。

それは火にくべられたというのに焦げた跡もなく、そしてなぜかまったく濡れてもいない怪獣の着ぐるみだった。

――やった！　さすがチート！

でも、それもエリアスルードの魔法があってこそだろう。もしエリアスルードが贈ってくれたこの石がなければ、着ぐるみは燃やされていたかもしれない。

――エリアスルードさんが守ってくれたんだ。

「ま、間に合ったか」

ゼイゼイと息を切らしながらセルヴェスタンとミリヤムがやってくる。

「ええ。この通り無事だったわ。ありがとう、二人とも！」

「間に合って本当によかった！」

手を取り合って喜ぶ透湖とミリヤムをよそに、セルヴェスタンはようやく追いついてきたフィデル辺境伯に厳しい口調で告げた。

「フィデル辺境伯。今度のことは陛下にも報告する。お宅の令嬢は砦《とりで》の兵士や騎竜隊、それにセノウの街とフィデル辺境伯領に住む全員の安全を脅《おびや》かしたんだ。罪は軽くないと思ってくれ」

フィデル辺境伯はがっくりと膝をついた。焼却炉から透湖の着ぐるみが出てきた以上、もはやクラウディアの罪は明らかで、言い逃れできないと悟ったからだ。

「令嬢だけでなく、辺境伯にも責任は及ぶかもしれない。そうなった場合でも、この土地に住む領民や、令嬢に逆らえず罪を犯すことになった使用人と商人のソルダンについては罰が軽くなるように最大限努めるつもりだ。でも令嬢にかける温情はないと覚悟してくれ」

「……分かりました。領民への温情、感謝いたします。それと……ご迷惑をおかけして申し訳ありませんでした」

肩を落としながらもしっかりと謝罪の言葉を口にするフィデル辺境伯は、娘の教育には失敗したかもしれない。でも、おそらく領民には慕《した》われているのだろう。彼の傍《そば》に跪《ひざまず》いて付き添う執事の態度がそれを物語っていた。

「よし、急いで砦《とりで》に向かおう」

セルヴェスタンの言葉に、透湖はハッとする。

――そうだ。着ぐるみを取り戻せたのだから、今は一刻も早く砦《とりで》に行かないと！

三人は再び走って騎竜のもとへ向かう。屋敷の中に戻ったのか、すでにクラウディアの姿はない。けれど今はクラウディアのことを気にしている余裕はなかった。

騎竜の背中に飛び乗り、砦《とりで》に向かいながら、ミリヤムの手を借りて着ぐるみを身に着ける。その間に戦線の状況を確認していたセルヴェスタンが「ちっ」と舌打ちした。

「砦《とりで》の西側の一部が崩された」

「え!?　だ、誰か犠牲になったんですか!?」

「いや、幸い怪我人が出た程度だ。だが、俺たちが到着するまで砦《とりで》がもつかどうか……」

セルヴェスタンは表情を曇らせる。

「エリアスルードたちも頑張ってくれてはいるが、疲労が激しい。このままじゃ怪我をする者も増えるだろう。怪我だけですめばいいが、もし取り込まれてしまえば……」

透湖はぐっと拳《こぶし》を握った。

──マゴスの胸の石に取り込まれてしまえば、もう二度と取り戻せない。

『お父さん、お母さん、目を開けて！　私を一人にしないで！』

過去の辛い記憶が脳裏に蘇《よみがえ》る。

──もう二度とあんな思いしたくないし、他の誰かにも絶対にさせたくないのに……！

「ああ、せめて今すぐ砦《とりで》に瞬間移動できればいいのに！」

ぐぐっと唇を噛みしめて言葉を吐き出した瞬間、突然カチッと何かのスイッチが入った。

【空間転移機能：Ｅｎａｂｌｅ（有効）】

──へ？　空間転移機能？

頭の中に流れた文字に仰天《ぎょうてん》する暇もなく、ミリヤムの声で透湖は我に返る。

「と、透湖、光ってるわよ⁉」

「え？」

見下ろすと、着ぐるみが淡い光を発していた。

──ああ、うん。なんとなく何が起こるか分かった。

予想が間違っていなければ、透湖は……というか着ぐるみは瞬間移動を始めているのだ。

「セルヴェスタンさん、ミリヤム！　私、先に行ってるね！」

そう叫んだ直後、彼女の身体はその場からすっと消えていった。

ふと気がつくと、透湖は見覚えのある場所――ミゼルの砦《とりで》の上に立っていた。

――瞬間移動もできるとか、チートすぎない？　この着ぐるみ。

我ながら空恐ろしさを感じてしまう。一体この着ぐるみには、どれだけの能力が隠されているのだろう。

――絶対これだけじゃないはずだ。

だが、今そんなことを考えている暇はなかった。

透湖の姿に気づいた砦《とりで》の兵士たちが目を丸くする。

「マゴスの幼体!?」

「いや、違う、あれは透湖だ！」

「『来訪者』の透湖だ！　来てくれたんだな！」

上空を飛び交っている騎竜隊からも歓声があがった。

「よし、これで数十体のマゴスなど恐るるに足らずだ！」

そんな中、一頭の騎竜が戦線を離れて透湖に近づいてくる。エリアスルードの騎竜だ。

「透湖！　話はセルディに聞いた。大丈夫だったか？」

「うん、心配かけてごめんなさい。もう大丈夫」

すうっと息を吸い、透湖は砦《とりで》の上で腕を振り上げた。

「さぁ、みんな、マゴス退治の始まりよ！」

「おう！」

一斉に返事をする兵士と騎竜隊に、透湖は思わず微笑を浮かべた。けれど、すぐに笑顔を引っ込め、砦《とりで》の真下にいたマゴスに向かって攻撃を開始する。

「目からビーム！」

眩《まばゆ》い光が走り、着ぐるみの目から発射された高出力のビームはマゴスの身体を貫《つらぬ》いた。

「目の前の三体のマゴスをまとめて焼いちゃって！　口から炎！」

ボウッと口から高温の炎が噴き出し、渦《うず》を巻いて三体のマゴスに襲いかかる。

「ギャアアア！」

甲高《かんだか》い音をあげながら、ビームに貫《つらぬ》かれ、炎に巻かれたマゴスたちが消滅していく。

砦《とりで》では魔法石で強化された大砲が一体のマゴスに向かって何発も打ち込まれ、足止めをしてくれていた。その機会を逃さすビームを発射した透湖は、騎竜隊が狙いやすいように導いてくれた別のマゴスに向かって炎を吐く。

そうして透湖が砦《とりで》に瞬間移動した十分後には、マゴスは約半数に減っていた。

「いいぞ、透湖、その調子だ！」

騎竜に乗ったセルディが声をかけてくる。透湖は彼に手を振ると、右方向から来ていたマゴスをビームで倒した。

八面六臂《はちめんろっぴ》の活躍とはこういうことを言うのだろう。

――本当にチートだな、この着ぐるみは。

しかも中の人である透湖は基本的に叫んでいるだけなので、ほとんど疲れないのだ。声が嗄《か》れない限り、いくらでも攻撃し続けられる。いや、声が嗄《か》れてもおそらく攻撃は可能だろう。そう思わせる何かが着ぐるみにはあった。

最後のマゴスを倒した透湖を見て、兵士たちが勝ち鬨《どき》をあげる。

「やったぜ！」

こうして透湖が砦《とりで》に現れてから二十分が経つ頃には、砦《とりで》での戦闘は終了していた。

けれど、まだ終わってないことを透湖は知っている。砦《とりで》から見える森には何も変化はない。けれど、あそこでは今も魔法使いたちがマゴスと戦いながら、穴を封印しようと必死になっているのだ。

「透湖」

頭上を旋回するエリアスルードに気づいた透湖は言った。

「エリアスルードさん、私を騎竜に乗せて！　森に向かうわ」

エリアスルードは即座に透湖のやりたいことを悟り、砦《とりで》の上に騎竜を下ろした。その背中に透湖を乗せて、再び飛び立つ。

ただし、森へ向かったのはエリアスルードと透湖が乗った騎竜のみだ。他の騎竜には砦《とりで》で待機してもらった。

森の上空に差しかかると、すぐに何かと戦っているマゴスの姿に気づいた。きっとあそこにマゴスの穴があるのだろう。

「エリアスルードさん！」

「おう」

騎竜が速度を上げる。透湖は騎竜の背中に立ち、視界の先にいるマゴスに向かって告げた。

「目からビーム！」

両目から発射された二条のビームが森の空を赤く染める。胸を貫《つらぬ》かれたマゴスはそのまま溶けるように消えていった。

「残りはあと、四体！」

エリアスルードは大きく騎竜を旋回させ、一体のマゴスの周囲を飛び交いながらタイミングを指示する。

「今だ、透湖！」

「目からビーム！」

砦《とりで》に派遣されている騎竜隊は透湖と一緒に戦うのに慣れている。彼女が攻撃しやすいようにマゴスを導き、透湖の邪魔にならないように離れてくれるのだ。

けれど、調査チームの護衛をしている騎竜隊はまだ透湖との戦いに慣れていない。そのため、下手に攻撃するとビームに巻き込んでしまう危険があった。そこでエリアスルードが騎竜隊に当たらない位置に移動し、攻撃のタイミングを指示している。

互いに絶対の信頼があってこその共同作業だった。

二人はマゴスを一体、また一体と消滅させていった。五体すべての討伐を終え、少し余裕が出てきた透湖は、騎竜の背中から森を見下ろした。

「あれが、異世界に繋がっているという、マゴスの穴……」

森の木々が消えて、ぽっかり空いている場所があった。むき出しになった大地の中央には大きなクレーターのような穴が開いていて、中に黒い霧のようなものが漂《ただよ》っている。黒い霧に遮《さえぎ》られて、底がどうなっているのか窺《うかが》い知ることはできないが、不気味な空間であることには間違いなかった。

「リースファリドだ。穴の上空にいる。無事だったんだな」

その声に視線を転じると、確かに穴の上空に、白い魔法使いのローブを着たリースファリドの姿があった。こちらに手を振っている。やや疲れた様子を見せながらも、どうやら元気そうだ。

「だが……魔法使いの人数が明らかに減っているし、騎竜隊も……」

エリアスルードはやるせなさそうに目を伏せた。よくよく見てみると、森の上空を飛ぶ騎竜の数は聞いていたよりもかなり少ない。

「もしかして、マゴスに取り込まれて……？」

「おそらくそうだろうな」

かける声もなく、透湖は黙って穴の上を旋回する。やがて、魔法使いたちが穴の周囲に並び始めるのが分かった。

「どうやら封印を続行するらしいな。……でも、これだけ人数が少なくて、果たして穴を封印しきれるのだろうか？」

だが、心配は無用だったようだ。マゴスという邪魔者がいなくなった今、封印は無事に完了した。魔法使いたちの詠唱が始まっても透湖には何も見えず、ただ霧だけがスッと消えたように見えたのだが、エリアスルード曰《いわ》く、魔力持ちには青く光る魔法陣が穴に蓋《ふた》をしているのが見えるらしい。

——青い魔法陣？　何それ、見たかった！

透湖は心底残念がった。

「本来なら、封印した後に穴を破壊するはずだったんだ。だが、今生き残っている魔法使いたちには封印だけで精一杯だろうな。残念だけど、穴の破壊はまた後日ということに——」

その時、森の中から声が響いた。

「透湖！　そのビームで穴を撃ち砕きなさい！」

凛《りん》とした女性の声だった。透湖は雷に打たれたように硬直する。なぜならそれは透湖の知っている声によく似ていたからだ。

——亜里沙おばさん!?

母親の従姉妹《いとこ》で、唯一親戚付き合いのある亜里沙とそっくりな声が森から聞こえた。

「そうすれば、二度とこの穴からマゴスが出現することはないでしょう。あなたならできるわ。その着ぐるみから出るビームで穴ごと粉砕しなさい」

「は、はいっ！」

条件反射のように背筋を伸ばすと、透湖は穴を睨《にら》みつける。エリアスルードも透湖が攻撃しやすいように騎竜の頭を下げさせ、まるで頭から突っ込むように下降していく。

透湖はすっと息を吸うと、目前に迫った穴に向かって叫んだ。

「目からビーム！」

着ぐるみの両目から赤いビームが一直線に飛び出していく。放たれたビームはまるで穴に吸い込まれるように中心を貫《つらぬ》き——ドオオンという派手な音とともに大量の土煙が上がった。

「おっと。少し離れよう」

エリアスルードは騎竜を操《あやつ》って土煙の届かない上空へと飛び立ち、その場で旋回を始める。

やがて土煙が収まると、眼下に広がるのはクレーターではなく、抉《えぐ》れて粉々になった大地だった。

「ひえええ」

文字通り透湖が放った着ぐるみのビームは、穴ごと大地を粉砕してしまったらしい。

「だ、大丈夫かなー」

またやらかしてしまったのではないか。心配する透湖にエリアスルードが微笑む。

「大丈夫、リースファリドがＯＫだと言っている」

恐る恐る下を覗くと、空中にいるリースファリドが杖を大きく振って合図を送っていた。上出来だと言いたいらしい。

「……これで終わったな。あとのことはリースファリドたちに任せて、セノウに戻るか」

「そうね」

言いながらつい下を見てしまうのは、亜里沙によく似た声の主を捜してのことだ。

——亜里沙おばさん？　……ううん、まさかね。だっておばさんは元の世界にいるんだもの。こんなところにいるはずがない。きっと気のせいだ。

透湖は頭をぶるんと横に振った。気持ちを切り替え、エリアスルードを振り返る。

「帰りましょう。エリアスルードさん。私たちの街、セノウに！」

「ああ」

エリアスルードの騎竜は、ミゼルの砦《とりで》がある方角へと大きく方向転換した。

——大きなピンチもあったけど、間に合って本当によかった。終わりよければすべてよしだわ。

これで少しはマゴスの襲来も減るだろう。そのことでセノウにおいての透湖の立ち位置も多少は変わってしまうかもしれない。あるいは変わらないかもしれない。

——先のことなんて分からない。ただ、今はみんなが無事にこうして生きていられることに感謝したい。

——エリアスルードさんの好きな人のことも忘れて、今はただ隣にいられる幸運を噛みしめよう。

「ああ……風が、気持ちいい」

騎竜の背中の上で感じる風は強くなく、むしろとても心地よいものだった。本来なら空を飛んでいるので、立っていられないほど強く感じるものなのだろうが、魔法とやらでちょうどいいように調整されているらしい。

――本当、不思議だよね、魔法って。

「うーん、いい風」

心の中で呟《つぶや》きながら、透湖は手を伸ばして被り物を脱ぐ。直接頬に風を感じたいからだ。

風に吹かれて黒髪がふわりと空を舞う。それを見てエリアスルードが身体を硬直させたのだが、風を感じて心地よさに浸《ひた》っていた透湖は気づかなかった。

「……透湖？」

何か言われた気がして、透湖は振り返る。すると、エリアスルードはなぜか彼女の顔を見て驚き、次に口元に手を当てて、さらにどういうわけか頬を赤く染めた。

「？」

一体どうしたのだろう？

――私の顔に何かついているのかしら？

透湖は再び着ぐるみの頭を被ると、エリアスルードに尋ねた。

「どうかしたんですか、エリアスルードさん？」

「……いや……その……」

顔を赤くして言いよどむ様子は、いつもの彼らしくない。透湖が首を傾げていると、小さく咳払《せきばら》いをしたエリアスルードが口を開いた。

「バカだなと自分のことを笑っただけだ。……透湖、その、セノウに戻ってから君に言いたいことがある」

「言いたいこと？」

「ああ、謝罪と感謝と……そして、別のことも」

「別のこと？」

ますます首を傾げることになったが、詮索《せんさく》する暇はなかった。ミゼルの砦《とりで》の方から騎竜隊の面々がこちらに向かってくるのが見えたからだ。

「おーい！」

先頭に立つセルディが騎竜の上で手を振る。それに応えるように透湖は大きく手を振り返した。

「みんなで一緒に帰りましょう、私たちの街へ！」

エピローグ　それぞれの事情

「まさか、穴の破壊に透湖を使うなんて思いもしませんでしたよ」

リースファリドはリサールの傍《かたわ》らにふわりと降り立った。リサールが頬を緩《ゆる》める。

「封印はなんとかなっても、この場を壊す余力が私たちにはなかったからね。あの子が来てくれてちょうど良かったわ」

マゴスの攻撃で何人かの魔法使いたちが胸の石に取り込まれ、あるいは取り込まれないまでも大怪我を負って、魔法を使うどころではなかったのだ。今生き残っているメンバーでは封印するだけで精一杯で、この場の破壊は日を改めて……と考えているところに来たのが透湖たちだった。

マゴスを倒し、封印するところまで見守っていた透湖に、穴を攻撃するように命じたのはリサールだった。

「しかし、透湖の力だと封印の方も破ってしまう可能性があった。よくやらせる気になりましたね」

「大丈夫だと確信があったからよ。あの子の力はあの子が望まない限り、こちらの世界の者には向かわないの。きっと私たちの封印を保ったまま、穴だけを粉砕してくれると思ったわ。その通りだったでしょう？」

リサールはふふふと笑う。その顔を見ていたリースファリドは、以前彼女の笑顔に既視感《きしかん》を覚えたことを思い出していた。

──ああ。そうか。

既視感《きしかん》を覚えた理由が分かった。リサールの笑顔は素顔の透湖が笑った顔とどこか似ているのだ。もちろん、透湖はよく笑う子だし、反対にリサールはめったに笑みなど浮かべない。だが、なぜか両者の笑った時の面影が重なる。

──笑顔だけじゃない。顔だちも少し似ている……か？

異世界からやってきた透湖とリサールが似ているのは奇妙なことだった。

──それに「あの子」という言い方。

リースファリドの気のせいでなければ、ずいぶん親しみがこもっているように聞こえる。

「……声をかけるだけじゃなく、透湖に会いたいのなら、会いに行けばいいんじゃないですか？」

彼が鎌をかけるように呟《つぶや》くと、リサールは目を見張った。

──思えばリサールは最初から透湖のことをよく知っているようだった。もしかしたら、それは透湖が「来訪者」だという理由だけではないのかもしれない。

「いきなり何を言うのかと思えば。でも残念だけど、あの子と会うのはまた今度の機会にするわ。今はまだ時期尚早《しょうそう》だと思うし」

リサールは悪戯《いたずら》っぽく笑う。こういう表情も本当に透湖とよく似ていた。

「もっと落ち着いてからにするつもりよ。それにあの子と顔を合わせる前に、私にはまだやることがあるの。ナースティ国にいる『来訪者』の正体を確かめないとね。ああ、でもあの子が落ちたのがファンデロー国で本当によかったわ。これだけは神に感謝しなくてはね。ナースティ国でなくてよかった」

「……あなたの素性と目的は一体なんなんです？」

思わずリースファリドは単刀直入に問いかけていた。

「それはまたいずれね。透湖にもあなたにも、いつか説明するわ。ああ、でも目的だけは言っても構わないかしら」

リースファリドはリサールの薄い唇が弧を描くのを、じっと見つめた。

「私の目的は、ミゼル国が残した召喚魔法などというふざけたものを、この世界から消滅させることよ。透湖の時は間に合わなかったけれど、もう二度と『来訪者』など生み出さないわ。二度とね」

＊　＊　＊

「よし、よくやった！」

一足先にセノウに戻っていたセルヴェスタンが、魔法石に映った光景を見て歓声をあげた。透湖の一撃によって、異世界へ通じる扉を完全に粉砕したことが確認できた。これでミゼルの砦《とりで》に襲いかかってくるマゴスの数はかなり減るだろう。

「完全になくなるわけじゃないのが残念だが、まぁ、それはおいおいの話だな」

マゴスが異世界から飛来する入り口は、あの穴だけではないというのが、リサールとリースファリド、それにセルヴェスタンの見解だった。あの森にはもっと多くの出入り口が存在していて、繁殖期を迎えるたびに、彼らは世界を越えてやってくるのだ。

人間の魔力――つまり餌《えさ》を得るために。

だが、そろそろそのサイクルを止めてもいい頃だ。

セルヴェスタンの目には、そのサイクルが透湖という存在によって、少しずつほころび始めているように見えていた。

「これからはますます騒がしくなりそうだ。あ、その前にクラウディア・フィデルの処遇をどうするかだな」

面倒くさそうにセルヴェスタンが呟《つぶや》く。フィデル辺境伯にああは言ったものの、クラウディアの処遇についてはセルヴェスタンに一任……と言えば聞こえはいいが、要するに面倒事はこちらに押し付けられるであろうことが分かっていた。セルヴェスタンも面倒くさがりだが、国王もそれに輪をかけた面倒くさがりで、すぐ人に丸投げしてくるからだ。

「……ったく、面倒だな。いっそのこと、どこかの牢屋に放り込んで……」

その時、セルヴェスタンの脳裏に妙案が浮かんだ。

クラウディア・フィデルを一兵士としてミゼルの砦《とりで》に放り込めばいいのだ。侍女たちから引き離し、自分の世話は自分でやるように言って、マゴスの繁殖期が終わるまで駐留させる。

普通、ミゼルの砦《とりで》に詰めている兵士は交代制で、一定の期間が過ぎればセノウに戻ってこられる。

だが、彼女には交代を許さず、ずっと砦《とりで》で生活させればいいのだ。

あの我がまま娘にも砦《とりで》での戦いがどんな意味を持つのか、どれほど危険なことかが分かるはずだ。

そしてマゴスの恐ろしさも身に染みるだろう。

「なあに、マゴスの襲来もこれからは少なくなるのだから命を落とすことはない」

クラウディアのことを片付けたセルヴェスタンは、すっきりとした気持ちで立ち上がった。

これから帰ってくる透湖たちをねぎらい、ささやかだが家族と弟子たちを集めて祝杯をあげるつもりだ。

「マリアにさっそく準備を頼まないとなっ」

弾んだ声で呟《つぶや》くと、セルヴェスタンは軽い足取りで執務室を出ていった。

その時セルヴェスタンは部屋にいなかったので、気づくことができなかった。

机の引き出しに仕舞い込まれたものから声が聞こえていたことに。それは透湖から預かっているイヤホン型の受信機だった。

『もしもし、もしもーし』

明るく能天気な声が誰もいなくなった執務室に響く。

『通じてる……よな？　ようやく通じたんだよな？　いやぁ、魔法って便利……ああ違う、そんな場合じゃなくて！』

ごほんごほんと咳払《せきばら》いをした彼は、急に真面目な声で続けた。

『透湖先輩、聞こえてるっすか？　うーん、完全なる日本語だから透湖先輩以外に聞かれても意味分からないはず……いやいや、そんなことより！　先輩！　俺っす、渡辺哲也っす！　透湖先輩が消えてから俺、ずいぶんと捜しましたよ！　先輩が行方不明になったのは絶対ヒーローショーの時に何かあったからだって信じてましたから。でも、ようやく先輩の居場所を掴んだっす！』

興奮してしゃべった後、少し我に返ったのか声のトーンが落ちる。

『俺、今ナースティ国っていうところにお世話になってるっす。先輩も俺と同じ世界にいるんっすよね？　先輩、待っていてくださいね。必ず助けに行きますから！』

ぷつっと通信が唐突に切れた。その後、イヤホンから声が聞こえることはなく、セルヴェスタンの執務室は再び静寂に包まれた。

勇者様にいきなり求婚されたのですが 1
RC Regina COMICS
原作 富樫聖夜 Seiya Togashi
漫画 渡辺うな Una Watanabe
大好評発売中!!
シリーズ累計13万部突破!
アルファポリスWebサイトにて好評連載中!
待望のコミカライズ!
魔王に攫《さら》われた麗《うるわ》しの姫を救い出し、帰還した勇者様ご一行。そんな勇者様に王様は、何でも褒美をとらせるとおっしゃいました。勇者様はきっと、姫様を妻に、と望まれるに違いありません。人々の期待通り、勇者様は言いました。
「貴女を愛しています」と。
姫の侍女である、私の手を取りながら——。
ある日突然、勇者様に求婚されてしまったモブキャラ侍女の運命は……!?
B6判・定価680円+税・ISBN978-4-434-21676-3
…わ、私、モブキャラなんですけど!?
アルファポリス 漫画 検索

NB ノーチェ文庫

紳士な王太子が獣に豹変!?

竜の王子とかりそめの花嫁

富《と》樫《がし》聖《せい》夜《や》　イラスト：ロジ

価格：本体 640 円+税

没落令嬢フィリーネが嫁ぐことになった相手は、竜の血を引く王太子ジェスライール。とはいえ、彼が「運命のつがい」を見つけるまでの仮の結婚だと言われていた。対面した王太子は噂通りの美丈夫で、しかも人格者のようだ。ところが結婚式の夜、豹変した彼から情熱的に迫られて——?

詳しくは公式サイトにてご確認ください

http://www.noche-books.com/

携帯サイトはこちらから!

富樫聖夜（とがし せいや）
ファンタジー小説や恋愛小説を web にて発表。2011 年、「勇者様にいきなり求婚されたのですが」にて「アルファポリス第 4 回ファンタジー小説大賞」特別賞受賞。2012 年に同作品で出版デビューに至る。

イラスト：名尾生博

異世界《いせかい》の平和《へいわ》を守《まも》るだけの簡単《かんたん》なお仕事《しごと》

富樫聖夜（とがし せいや）

2018年7月5日初版発行

編集－及川あゆみ・宮田可南子
編集長－塙綾子
発行者－梶本雄介
発行所－株式会社アルファポリス
〒150-6005 東京都渋谷区恵比寿4-20-3 恵比寿ｶﾞｰﾃﾞﾝﾌﾟﾚｲｽﾀﾜｰ5F
TEL 03-6277-1601（営業） 03-6277-1602（編集）
URL http://www.alphapolis.co.jp/
発売元－株式会社星雲社
〒112-0005 東京都文京区水道1-3-30
TEL 03-3868-3275
装丁・本文イラスト－名尾生博
装丁デザイン－ansyyqdesign
印刷－図書印刷株式会社

価格はカバーに表示されてあります。
落丁乱丁の場合はアルファポリスまでご連絡ください。
送料は小社負担でお取り替えします。

ISBN978-4-434-24797-2 C0093